1988

1988

1988

1988

to

fiction

to 69

1988
我想和這個世界談談

作者：韓寒

責任編輯：江怡瑩
美術編輯：蔡怡欣
校對：呂佳真
法律顧問：全理法律事務所董安丹律師
出版者：大塊文化出版股份有限公司
台北市105南京東路四段25號11樓
www.locuspublishing.com
讀者服務專線：**0800-006689**
TEL：(02) 87123898　FAX：(02) 87123897
郵撥帳號：18955675　戶名：大塊文化出版股份有限公司

總經銷：大和書報圖書股份有限公司
地址：台北縣五股工業區五工五路2號
TEL：(02) 89902588　FAX：(02) 22901628
初版一刷：2010 年12月
初版二刷：2011 年1月
定價：新台幣250元
Printed in Taiwan

1988
我想和這個世界談談

韓寒 著

全球／國家／在地——韓寒與《1988——我想和這個世界談談》

紀大偉／政治大學台灣文學研究所專任助理教授

多才多藝的韓寒不需要我多做介紹。更多的形容詞只會阻撓我們的視線，讓我們更看不清他的全貌；如果我們在繁多的韓寒傳奇之中抓出軸線，藉此整編加諸在他身上的形容詞，以簡馭繁，提綱挈領，反而可以收到「less is more」之效。

在《1988——我想和這個世界談談》這個書名中，韓寒有意無意總結了他的傲人貢獻：「和這個世界談談」。他以屢屢嗆聲享譽這個世界，而他的嗆聲眞的就是最基本的談談而已。我不是要貶低他的談談，而是要指出，他在甚不友善的大環境下，只是要伸張言論自由（好吧，不要用這個太嚴正的詞，改用「言論的爽」罷），於是他的談談就被擠壓爆炸成嗆聲。而且，餘音不斷：眾多中國網民的言論之爽，就是要透過韓寒的談談才得以抒發。

當有人（從警察，父母，到地下情人）要找你談談的時候，當然不是只要談談而已。他們是在邀請你踏進一個核爆區。

至於書名中「這個世界」，是指什麼世界？《在世界的中心呼喊愛情》的世界，是韓寒所指的同一個世界嗎？世界，這個疆界模糊定義曖昧的日常用詞，在韓寒其人其作上頭卻很有意思。韓寒說的世界，可泛指一般民眾，可指中國，也可指國際社會。更準確地說，在地／國家／全球就是韓寒對話的三種對象，事實上這三者也是認識韓寒其人其作的三條軸線。

在全球化的浪潮中，國家夾在全球化資本主義以及在地老百姓之間。韓寒帶來的聳動和鬆動，緊張和緊／張，就出自「全球」、「國家」、「在地」這三個層面之間的張力。國家在此，自然是指中國。韓寒跟在地的人民談談，但國家不要他發言，於是他就跳到全球的媒體嗆聲。就是因爲國家很緊，韓寒才不能放鬆。就是國家無法在全球和在地之間扮好靈活自如的鬆緊帶角色，韓寒才會彈射出來。

早場優惠券

持本券至全省首輪戲院觀賞本片
任一場次皆可享早場優惠價

◎ 持本券至全台首輪戲院觀賞本片任一場次皆可享早場優惠價。
◎ 使用本券請依照各戲院相關規定與分級制度。
◎ 本券嚴禁偽照、變造、轉售或複製，違者如經查獲依法究辦。
◎ 本券僅適用於首輪上映戲院之一般影廳使用。
◎ 本券不適用於各類戲院升等或特殊影廳使用(包括3D、IMAX、4DX、MX4D、D-BOX、Gold Glass、CINE-X、金鑽貴賓廳、尊爵廳、MAPPA廳、LOMO廳、TITAN廳、MUCROWN廳、美麗新皇家影城、in89豪華數位影城特殊影廳、新光影城特殊影廳、及秀泰影城特殊影廳...等均不適用)。

認清全球／中國／在地三者之間的巧妙張力，才能看清韓寒現象；同時，認識韓寒，也有助於琢磨這個問題：爲什麼我們談全球化，談在地化，卻不談中國化？（化，在此是指變化。）中國化是不是一個不討好的選項？「中國不化」或「不中國化」，是不是在地人民與全球社群更樂見、更期待的選擇？

說得好緊，其實韓寒也可以好鬆。《1988——我想和這個世界談談》其實並不是一部劍拔弩張的小說；或許韓寒本人也不是一個好戰者。在這本書中，主人翁漫不經心風流倜儻與一個神祕的小妓女結緣，走上流浪之路。這是閒散悖德的新中國浮世繪，其實也是百年前舊中國的復活顯影。中國未必是繃緊的弓弦，弦上其實也大可以拉把琴，快活快活。

Behind

聶永眞／作家、設計師

凌晨的機場格外冰冷，遠行之前，旅客散在門邊，各自點起自己的煙。

半小時前，往機場的路上我攔了一輛計程車。工作結束得急，在車裡已是無力癱軟，看著車內椅背上掛著的職業登記證，邊緣已經翹起的護貝裡鑲印著司機的名字、車號，以及黏貼得有點歪斜的一張證件照。往司機的背側影對照般地望去，我想或許是每個照相館泰半約好的貼心專業，讓證件裡的那張肖像通常都較本人來得青春許多，看著拍攝沖洗出來的照片成果泰半臉色紅潤、皺紋極少。我想起閃光燈前，我們總是在攝影師的提醒下，保持下巴略縮揚起嘴角面對鏡頭，四張一組先付款後取件，然後謝謝光臨。

開了整天車的司機或許因爲走走停停上下客的機械式乏味而顯得面容疲累，或許「昨天沒有睡好」已經是城市裡的文明習慣。或者路上突然煩惱起子女的學費，或宿疾，或女人……或只是煙癮副作用如我？有可能是電台裡的政治評論，或望著前方手握方向盤一成不變……換算成簡單的道理這就是生活，鬆布的皺紋混濁的眼、懸掛的平安符與茶色的水，也或許我們只是每個人心中各自猜想的或許。

車子靜靜地往前開著，每一公尺我們的生命一起過了下一秒。我們兩個如此地毫無關係。

關係。來自於找不到原因的命定，你的身體來自一個母體、你的靈魂來自「不知道」，當你第一次睜開眼，你處在的土地、經緯度、你的家國歷史、身體種族、教育計劃、神祕主義生命線，已經爲你先摺疊好人生的結構。然後我們存在，現實，經驗，上路。天眞的那一段叫童年，中間的那一段叫青春，之後的那一段叫社會。

當我已能意識到自己正牽著父母手的時候，他們已經比我先告別過了青春，看著他們的臉，外出工作、回家做飯、機車電視勞動搬家炒菜貸款與卡拉OK，那麼地老成那麼地理所當然。舊照片一疊疊，十七歲即從軍的父親在黑白照片裡帶著墨鏡表示自信，彷彿這個時代正在等他長成未來。母親不忘提醒相本裡某一張茶廠前的留影，身上穿的洋裝都是自己親手裁製，背面寫著當年她十五歲。如今他們的面貌已經衰老，剩下一些記憶仍收在盒子裡沸騰。

他們老了換我們長大。小時候父母牽你的手（可曾想過他們也曾青春）、長大後你已經牽過幾個人的手、又曾被幾個人的手擋開？你因爲什麼而跟誰曾經一起走了一段路、停了多長或多短、誰曾經讓你想要進入他的生命史？……當你發現生命得開始自己找道理，社會已經在這裡。

司機禮貌地找了錢、幫我一同把行李拿下了車並祝我一路順風。把行李靠妥皮夾收好後抬起頭，車子已經駛離。拉著行李往前走了五、六公尺，我熟練地加入煙蒂桶小圈圈的圍繞行列。

熟練。

忙碌、疲憊跟寂寞流程熟能生巧，每個人都熟出了一套自己的適應主義，以及一兩句永遠被quote的人生哲學在那裡做最耐用的備胎。每個人的背後都是一座諾亞方舟，人們在路上如此微型如行進般的工蟻，我的心如此大但我卻如此地小。這幾天i-pod裡反覆聽著王菲的「乘客」、機場內翻看著韓寒的《1988》無法離手，如果有故事可以說出口，那是因爲人都需要出口。

此篇也給______。

我不是你的世界，儘管生命的路上面對我你沉默，我仍想對你說話。

序言

這部小說完成在二〇〇九年至二〇一〇年之間，我從二〇〇九年的夏天就開始落筆，多事之夏，最終停滯。到二〇一〇年初的冬天繼續開始，再停滯。一直到二〇一〇年的夏天，一樣多事之夏，但完成了《１９８８》。「一九八八」是裡面主人公那台旅行車的名字。本來這本書就叫《１９８８》，副標是〈我想和這個世界談談〉，不料期間日本的村上先生出了一本《１Ｑ８４》，我表示情緒很穩定，但要換書名。又是幾經周折，發現再無合適。就好比在孩子要出生之前，你已經爲她想好了名字，並且叫了一年，忽然間隔壁鄰居比你早生了一個和你叫了差不多名字的小孩，你思前想後，發現其實你內心已經無法更改。最後她還是叫《１９８８——我想和這個世界談談》。

如果有未來，那就是「1988——我也不知道」。

故事在書的末尾告一段落，不知道它是否能有新的開始。我從來沒有用這種方式和文字寫過小說，彷彿之前的一切準備都是爲了迎接她。在過往，我覺得自己並沒有做好準備，我是否能這樣去敘述。但是在這個凌晨，我準備好了，讓我們上路吧。以此書紀念我每一個倒在路上的朋友，更以此書獻給妳，我生命裡的女孩們，無論妳解不解我的風情，無論我解不解妳的衣扣，在此刻，我是如此的想念妳。

1988

空氣越來越差，我必須上路了。我開著一台一九八八年出廠的旅行車，在說不清是迷霧還是毒氣的夜色裡拐上了三一八國道。這台旅行車是米色的，但是所有的女人都說，哇，奶色。「一九八八」早就應該報廢了，我以買廢鐵的價格將它買來，但是我有一個朋友，他是「一九八八」的恩人，他居然修復了「一九八八」。我和朋友在路邊看見了「一九八八」，那時候它只有一個殼子和車架。

朋友說，他以前待的廠裡有一台一樣的撞報廢的車，很多零件可以用，再買一些就能拼成一台能開的車，只需要這個數目。他伸出了手掌。

我問他，那這個車的手續怎麼辦？

朋友說，可以用那輛撞報廢的車的手續。

我說，車主會答應麼？朋友說，死了。我說，車主的親戚也不會答應的。朋友說，都在那車裡死光了。我說，那不是不道德？

朋友說，本來是都死光的，現在你延續了這台旅行車的生命。所以你要給這個旅行車取一個名字。

我問他，這是什麼時候出廠的車？

我的朋友在車的大梁處俯身看了許久，說，一九八八年。

「一九八八」就是這麼來的。

而我的這個朋友，我此刻就要去迎接他從監獄裡出來，並且對他說，好手藝，「一九八八」從來沒有把我撂在路上。

我和「一九八八」在國道上開了三個多小時，空氣終於變得清新。我路過一個小鎮，此時天光微醒。小鎮就在國道的兩邊，黑色的汽修店和彩色的洗浴城夾道而來。看來這個鎮子所有的商業都是圍繞著這條國道上過往的卡車司機。我看中了一家金三角洗浴城，因爲這是唯一一個霓虹燈管都健在的洗浴城，不光如此，它下面的「桑拿」、「休閒」、「棋牌」、「客房」、「芬蘭」這五個標籤也都還亮著。

我將「一九八八」停在霓虹最亮的地方，推門進去。保安裹著軍大衣背對著睡在迎客松的招牌下的沙發上，前台的服務員不知去向。我叫了一聲服務員，保安緩緩伸出手，把軍大衣往空中一撩，放下的時候那裡已經半坐著一個女服務員。服務員邊整理頭髮邊夢遊一樣到了前台後面。我微感抱歉，問道，姑娘，看你們上面亮的燈，什麼是芬蘭啊？

女服務員面無表情道，身分證。

我說，身分證我沒帶。

她終於有了一點表情，看了我一眼，說，駕照帶沒帶？

我說，駕照我也沒帶。我就住一天。

她說，不行，我們這裡都是公安局聯網的，你一定要出示一個證件。你身邊有什麼證件？

我掏了全身的口袋，只掏出來一張行駛證。我很沒有底氣的問道，行駛證行麼？

不想姑娘非常爽快的答應了。

我生怕她反悔，連忙將「一九八八」的行駛證塞到她手裡。她居然將「一九八八」的發動機號天衣無縫的填在了證件號一欄裡，然後在抽屜裡掏了半天，給了我一把帶著木牌的鑰匙。她向右手邊一指，冷冷說道，樓梯在那裡。

我順著她的方向望去，又看見了迎客松下睡著的保安。整個過程裡他絲毫未動。服務員關上了抽屜，突然間他又拉開了自己的大衣。媽的這也太自動化了，我暗自想道。女服務員突然對我說道，芬蘭就是芬蘭浴。

我強笑了一聲，玩笑說，這樣我就懂了，幹嘛沒加一個浴字呢？

服務員藐視著說道，這兩個字兩個字都是兩個字，這是排比，這不好看嘛。

我正要繼續提問，只見躺在沙發上的那一位揮了揮翅膀，女服務員馬上識趣道，不跟你說了。你自己上去吧。

我打開房間門，環顧這房間，發現也許是我的期許太低，我覺得這個地方還算不錯，缺點就是窗戶很小，而且因爲在二樓的緣故，它被六根鐵欄杆包圍著。此時天光要開，外面是一棵巨大的樹木。我躺到床上，正要睡去，突然間有人敲門。我下意識的摸了口袋，以爲是有東西遺落在登記台上，除了「一九八八」的鑰匙在桌子上以外，其他一切安在。我對門口說，誰？

門口傳來女聲，說先生請開門，讓我進來詳談。

我想這個時間，這是什麼妖精，於是伏在門邊，問道，妳是哪位？什麼事情？

女聲說道，先生，我是珊珊，讓我進來你就知道了。

我頓時明瞭，這是特殊服務。我決定透過貓眼先一窺姿色。但是我發現這個酒店的門上並沒有貓眼。這下只能開門見「珊」了。我是一個正直的人，我去過很多城市，遇見酒店色情服務，一般在貓眼裡看一眼就回絕了，當然，我也放進來過兩個，那是因爲她們漂亮。我認爲只要我開了門，哪怕進來一頭豬，我也必須挺身而出，因爲我們已經瞧見彼此的模樣，我怎能看見我要將她攆走時她臉上的失望。在這個旅程的開始，我就賭一次天意，門外的姑娘是我喜歡的類型。於是我打開了門。

珊珊長得非常普通，但我已經不好意思驅逐她。出於禮節，我也必須上了她。我問她，妳叫什麼名字？剛問完我就發現了自己的心不在焉，馬上補了一句，我說的是眞名，不是藝名，妳叫什麼眞名？

珊珊說，我姓田，叫田芳。

我說，嗯，那我還是叫妳珊珊吧。

珊珊在房間裡走了一圈，拉上窗簾，坐在床沿，說道，先生，你知道我們這裡服務的項目麼？

我說，妳說。

珊珊玩弄著自己新做的指甲，說，我們這裡半套一百，全套兩百。

我說，那你們這裡服務好不好？

珊珊看著我，笑道，放心吧，給你的，都是好的。

我沒有什麼興致，問道，妳這裡有四分之一套麼？

她回過頭來，怔怔的望著我，說，先生，您不是開玩笑吧。

在全套之後，她利索的穿上了衣服。我問她，妳怎麼能這麼快知道我入住了。

珊珊說，因爲我一直沒有睡覺，你知道，我們這裡大概有三十多個技師，但是這裡都是卡車司機住的，大家全部都是路過，誰也沒有固定的客人，要等媽咪排鐘的話，也許要等到兩天以後了，所以我特別認眞，姐妹們都睡覺了，我還伏在門口，我聽到有人回房間了，我就上來敲門。大半夜的，一般客人也不會換來換去的。我的點鐘特別少，因爲有些人，特別是廣東人，他們特別選號碼，八號和十八號就點得很多，我的號碼不好，要靠自己。你以後要是過來，直接點我的號碼就行了。

我說，政府機構有妳這麼敬業就好了。妳是幾號？

她說，我是三十八號。

我說，嗯，那我還是叫妳珊珊吧。珊珊，妳爲什麼不換一個號碼呢？

珊珊把自己胸前的號碼扶了扶，說，我們這裡從一號到四十號是上門的，四十號以後都是正規捏腳的，我和媽咪的關係沒有搞好，我就沒輪上好號碼。

我有些睏意，打算聊最後幾句。我早就不是勸妓女從良的純潔少男，但我必須得勸她注意身體，不要變成工作狂，我說，珊珊，我要睡了，妳工作也不要這麼拼命，妳看現在……

我拉開了外面的窗簾，陽光抹在了牆壁上，我這才發現這個酒店如此斑駁。說道，妳看現在，大早上的，妳太勤奮了。

她說，我知道了，先生，你要包夜麼？

我遲疑了一下，一看從窗簾外面透出來的陽光，心想這還算什麼包夜，這都是包日了。我禮貌的問道，包夜都能幹什麼啊？

珊珊回答道，包日。

我笑了笑，說，算了珊珊，下次我再點妳吧，妳快回去吧。

珊珊說，包夜只要再加五十，你醒了以後隨便你做什麼都可以。

我有些不耐煩，因爲我害怕睏意消失，而此刻的陽光正開始刺眼，它從樹縫中穿出正好投射我的臉上。我站起身，企圖將窗簾拉上，但是這個窗簾不管怎麼拉都有一個缺口，我想如果這個缺口一直存在，我將心中難受，一夜無眠。我用了很多方式，發現始終沒有辦法將窗簾拉嚴實。我搬來一個椅子，打算站上去從最上面開始拉起。

珊珊此時又問一句，先生，你包夜麼？

我有點心煩，說，我給妳五十，妳就給我站在這個縫前面給我遮光。

珊珊二話不說，站到了椅子上，頓時房間裡暗了下來。我心中雖有感動，但更多鄙視，想這婊子眞是爲了錢什麼都做得出來。我也不知道說什麼好，躺在床上拉上被子就打算睡覺。雖然我背對著窗，但我始終覺得奇怪，有個女的上吊似的站在椅子上，還不如讓陽光進來。我未看珊珊一眼，說道，珊珊，錢是賺不完的，妳早點回妳自己那裡休息吧，妳年紀還小，不能滿腦子只想著多賺一點是一點，妳要這麼多錢幹什麼呢，妳……

窗戶那邊說道，因爲我有了不知道誰的孩子，我要生下來。

我緩緩的轉過頭去，珊珊依然高高的站在原地，伸出手拉著窗簾，最頂上無法嚴合的那個部分透出最後一絲光芒，正好勾勒了她一個金邊。隨著窗簾微微的顫動，她的光芒忽暗忽亮。我看了半晌，說道，來，聖母馬利亞，妳趕緊下來吧，睡床上。

第二天我們醒來已經傍晚。我打開小窗戶，微風進來。我開始仔細打量著窗外，這是一個多麼灰暗的小鎮，我的眼前一片的灰瓦屋頂，沿著國道兩邊毫無美感的小店招牌，過往的貨車司機正在挑選吃飯的飯店，一輛空載的卡車正在我們的樓下停車，兒童在卡車旁邊玩著球。一列火車從百米外的鐵軌上經過，我數著一共有二十三節。數火車是多麼消磨時間的方式，唯一的缺點就是沒有辦法驗算。但是何妨呢，只要惱人的時間在這一刻沒有痛苦的過去了，而且全神貫注。樓下的兒童也和我一樣在數火車，最後一節火車過去後，他轉身對他的父親說，爸爸，是二十四節。

他的父親沒有搭理他，繼續指揮著卡車倒車。

珊珊醒了過來，衝到了洗手間去嘔吐。吐完了以後問我，先生，你還要來一次麼，不算錢，這個是算在包夜裡的。

我點了一根煙，看了看她，旋即又掐了。我說，妳怎麼會不知道爹是誰呢，不是都有安全措施的麼？珊珊說，嗯，先生，我們這裡除了半套和全套以外，還有一個叫不用套，再加五十就可以了。我估計是我吃的避孕藥失效了。

我又把煙點了，說，那就是妳活該了。妳最好找到孩子的爹。妳一個小姑娘，妳怎麼能撫養？

她說道，我能夠撫養，你說，這孩子長大以後做什麼呢？

我無意幫她規劃未來。珊珊繼續說道，總之，我不能讓她幹這一行。我再幹這一行幹十五年，正好能撫養她。你看，我現在一個月也能收入四千多，我已經攢了兩萬塊，一萬塊可以生她下來，一萬塊算奶粉錢，可以養一年，我停工的那一年正好可以撫養她，然後我就得馬上開工，我不能讓人家知道我生過小孩，我幹十五年這一行，如果每年能賺差不多五萬塊，這個小孩子就能上學了，就是萬一她有出息，考上了好的大學，我估計就吃緊了，最好還是得想其他辦法再賺一點。我最怕就是開家長會，這個地方太小了，不能在這個地方上學，否則一開家長會，一看其他孩子他爹，弄不好都是我的客人。我還是換一個別的鎮去。幹幾年就得換一個地方，否則別人就知道孩子她媽是幹這行的。到了這個孩子十六歲，我還能養。

我說，妳對未來的規劃夠仔細的。

珊珊摸了摸肚子，說，那是。我就崇拜我媽，我從小的心願就是做媽。

我說，那妳不知道這孩子的爹是誰，不是有點遺憾？

珊珊認眞的反駁道，不遺憾，反正我從小的心願又不是做爹。

此刻的陽光又要落下，我們睡得不巧，將白晝全部磨滅去。天空裡的黑色濃墨一樣劃開。我問珊珊餓不餓，我不能整天都將自己悶在這樣的一個空間，我需要開門，但我只是把自己悶到稍大的一個空間裡而已，那些要和我照面走過的人一個個表情陰鬱，但縱然這樣，我也需要新鮮的空氣。我順手拿起珊珊的內褲，遞給她，說，穿上吧，後會有期。

突然間，房門被踹開了，踹房門的力量何其之大，門框的木屑都飛到了窗簾上。門撞到了牆壁上又反彈了回去，門口傳來一聲哎呀。我還在想是哪個服務員這麼豪放，至少有十個人破門而入。我都未及仔細看，被此起彼伏的「站住」、「抓住了」、「幹什麼」所包圍，我早已經一動不動，周圍的人還在源源不斷的向我壓來，我被第一個人反剪了手，臉被不知道誰的手按在地上，還有三隻手掐著我的脖子，一個人的膝蓋直接跪在我的腰上，兩條腿分別被兩個人按著，但是我感覺至少還有三個人要從人堆裡插進來，我覺得很內疚，因爲我身上已經沒有什麼部位可以供給他們制服，從他們進來的第一秒鐘開始，我已經一動都不能動，但是他們卻在我的身上不斷的湧動，並且不斷的大喊，不許動。

我從他們手的縫隙裡看見了珊珊，她被另外五個人圍在牆角。另外有一台攝像機高高舉起，被攝影師端過頭頂，在房子裡不斷的拍攝。珊珊抱頭蹲在角落裡，我見她扯了幾把窗簾，我想她是要裹身的。旁邊有人呵斥道，不要亂動，幹什麼幹什麼。珊珊繼續拉扯了幾下窗簾，氣氛頓時緊張了起來，我這裡感覺輕了一點，有兩個人從我這裡起身撲向珊珊，他們掏出手銬，直接把珊珊銬在了落地燈上，並且指著她咆哮，叫妳不要亂動，妳想要幹什麼，妳想要幹什麼？老實一點。

我數了數，心想，可能這十五個警察害怕珊珊用窗簾把他們都殺了吧。

氣氛終於平靜了下來，我又聽到哎呀一聲，周圍取證的人們一陣騷動，結果發現是攝影師在叫喚。攝影師尷尬的看著大家，說，不好意思，剛才光顧著舉過頂拍攝內容了，鏡頭蓋沒有開，只錄到了聲音，聲音你們看行麼？

一個男子到他身邊面露不悅，低聲說了幾句，轉而對我說道，剛才我們這裡取證發生了一點問題，現在我們要重新進來一次，你就保持這個姿勢不要動，手裡東西呢，你剛才手裡東西呢？喏，在這裡，你把這條內褲拿好，保持這個姿勢不要動。

我指著珊珊問道，那她怎麼辦，她已經被銬起來了。

男子思索半晌，說，就這樣，她不老實，萬一跳樓什麼的，女人什麼事情做不出來，她就還是這樣，銬在落地燈上。

我絕望的說道，那你們千萬不要找著ＳＭ來處理我。人是你們銬的，不是我銬的。

男子踹了我一腳，道，話多。

說罷，他們全部退出房外。但是房間門已經完全不能關上，總是要往裡開。攝影師掏出自己的手帕，壓在門縫裡。門終於關嚴實了。

一樣的，門被剛才和我對話的男子重重踹開，但是由於之前已經踹過一次，連接處已經鬆動，這一腳直接把門都踹脫了門框，手帕飛了出來，在我眼前掠過，在空中完全的展開。我仔細看，手帕上繡了一個雷峰塔，正好落在我的腳邊，我連忙拾起手帕，扔給了珊珊，珊珊接到手帕，遲疑著，因爲她有三個要遮的地方，實在不知道遮哪比較合算。我大喊一聲，遮臉。

旋即，我被一腳踢暈。

醒來的時候我已經在審訊室。我的左側臉頰挨了一腳，位置靠近太陽穴。我的淚水流了下來，我不知道爲什麼，因爲我沒有絲毫的傷心。我伸手抹去，發現是血跡，血跡怎麼能從我的眼角流出？我要了一張餐巾紙。坐在我對面的是一個總在冷笑的警官，他見我醒來，第一句話便問道，那個女人叫什麼名字，生日是多少？

我無力的回答道，田芳。

警官一個暗笑，說，不對，她證件上不是叫這個眞名。

我心想，眞是王八蛋啊，這麼難聽的名字居然還是個藝名。我垂死掙扎道，我不知道，反正我認識她的時候她就叫田芳。我該怎麼處理？

警官停下筆，看著我，說，勞教半年。

我說，有沒有什麼辦法不勞教？

警官說，辦法只有一個，就是你簽署一個合同，說你身體一切正常，以後如果出任何問題，和我們這次行動都無關。要不然就是勞教半年，但你如果出了任何問題，和我們這次行動也無關。簽吧。這個是合算你了，你利用了我們執法中的漏洞。以後就沒有這麼幸運了。

我毫不猶豫的完成了這個交易。

這個世界上沒有什麼比從高牆裡走出來更好，雖然外面也只是沒有高牆的院子。牆壁上是斑駁的紅色大字，我都不記得上面寫了一些什麼，應該是四個字，四個字，四個字和四個字。墨綠色的鐵門就似我童年記憶裡學校工廠的大門，我們常常去那裡偷一些有趣的金屬零件。我坐在對面的電話亭下面，想等珊珊從裡面出來。不知道這個孕婦此刻在被迫做什麼。我想她只要亮明她的身體狀態，她就能從裡面出來。無論是多麼面目猙獰的人們，除了他們指著鼻子罵我以外，我其實始終都能記得他們不經意間的歎息，我不認爲那是人類在壓迫下容易滿足的賤，而是不經意間流露出來本是同類的交流。但當我想去挖掘的時候，大地馬上就把井蓋給蓋住了，說，朋友，你想都不要想。

在等待珊珊的時光裡，我順著剛才的感觸重新回憶了一遍我兒時的校辦廠。

那是一個神祕的工廠。在我小學的時候，有一個兒童樂園，那時候我覺得它好大，一直到第一次同學聚會的時候，班級裡最發達的同學站在六樓，看著兒童樂園，對我說，你看，我小的時候覺得好大，現在一看，這個還沒有我們家的院子大。小時候就是容易滿足。

我在邊上附和道，是那時候你人小，現在你人大了，參照物不一樣了。

我小的時候在鄉下，有一個車站，小時候走過去覺得好遠，至少要走半個小時，後來我回了一次老家，沒幾步就走到了。那是因爲我們現在的步伐大了。

最發達說道，嗯，你這個提法很有意思，步伐大了。

在結束了這個現實的互相介紹自己的工作和職位的同學會以後，我一個人去兒童樂園裡走了走，用步伐度量了一下，長四十八步，寬二十步，那是我小學裡所有可愛回憶的所在，現在終於也變成了一個數據。我記得在一個陽光刺眼的中午，我爬上了滑梯的最高處，縱身一躍跳到了旗杆上，順著繩子和旗杆又往上爬了幾米，那是一個從來沒有任何同學到過的至高點，我被飄揚的國旗裹著，眺望整個學校。

暑假就要到來了。

我艱難的挪動了屁股，視線從教學樓轉到了廁所，沒有什麼好看的。讓我來說說那時候我們的廁所，在這個最早的青春期裡，我記得我們的便池和女生廁所的便池是背靠背的，當中隔開了一堵牆，那堵牆高兩米。我量過。現在的我一度想過，如果姚明來我的學校大便的話，當他起身提褲子，他一定能看見對面。

那個時候上廁所，對面的對話都能聽得一清二楚，因爲有兩個通道，一個是頭頂上的通道，另外腳底下便池也是通的，所以對面女生聊天都是立體聲。由於一共有八個便池，所以是環繞立體聲。她們聊天的聲音多麼甜美，內容多麼無邪，音質多麼悅耳，雖然還伴隨著急切的噓聲。我曾經幻想，如果有那麼一天，那堵牆倒了，將是什麼樣的情景啊。這個幻想在我小學的腦海裡進行過幾百次，以至於長大了以後，當我聽到柏林牆倒了，我腦海裡填充的柏林牆的模樣就是我小學廁所裡那堵牆。

在旗杆上的我又挪了挪屁股，於是我看到了那一家校辦廠。那時候的建築在屋頂上有一個小天窗，天窗年久失擦，還長出了青苔，透過一點點能透過的玻璃，我看見裡面的工人們都在緊張的忙碌，他們在一個長條的巨大金屬桌子上打磨什麼東西，那一定是很好玩的東西。

我正想著，突然之間一聲哨響，我低頭一看，什麼都看不見，被我自己的腳擋住了，但是我聽見體育老師劉老師的聲音，他語速很快，說，同學，同學，你不要動，我們馬上來救你。

我發現我的確已經不能動了，那是四層樓的高度，我已經不能再越回到兩層樓高的滑梯上了。我的手也已經出了手汗，要不是抓著勾升降國旗繩子的鉤子，我估計差不多就是自由落體的速度滑下去了。老師們很快動員了起來，把我們所有跳高跳遠仰臥起坐的墊子放在我的下面，劉老師負責穩定我的情緒，告訴我抓緊了，不要害怕，學校正在組織搶救。

我在旗杆上烤著，汗越來越大，腳也開始勾不住。我看了一眼教學樓，發現由於老師們都出來搬運墊子了，所以學生們都已經失控了，六層樓高的校舍走廊上，全部都是五顏六色的同學們和齊刷刷黑色的腦袋。

我的班主任看著墊子，小聲說了一句，這個厚度不夠，還是會出危險的。

劉老師撥開了班主任，說，如果這個小子掉下來，我會接住他。

不知道哪個看熱鬧看出了參與感的同學想出來要把自己的書包也墊在下面，不到一分鐘的時間，教學樓裡一陣喧鬧，所有的同學們都喊著，拿書包去救命，拿書包去救命。男男女女們都拎著自己的書包往我這裡湧來。我們當時每個年級有四個班級，每個班級有五十個學生，一共有六個年級，總共一千兩百名學生，累計一千兩百只書包，在不到五分鐘的時候堆在了一起。這些書包足足堆了三米多高。一千多個學生就圍在兒童樂園的旁邊，學校裡廣播不停的喊，請所有的學生回到自己的教室，請所有的學生回到自己的教室。但是沒有一個學生回去。

老師們圍成一圈正在商量，體育老師覺得，書包有軟有硬，萬一掉下來腦袋砸在鉛筆盒上也是一個悲劇，所以還是應該發揮墊子的作用。可是這些墊子現在被埋到了最底下，發揮不了作用，應該把這些墊子抽出來，然後放在最上端。

現場換成了我的班主任不停的給我喊話，她喊道，你要抓緊了，我們都在全力的營救你，你不要往下看，你就往前看，看看風景，看看這個鎮，不要想你在旗杆上，你就覺得你是在家裡，不要客氣，你就感覺你在家裡的沙發上，你感覺到了麼？

我還眞感覺不到。但是我眞的一點都沒有客氣。風越來越大，旗杆開始有一點晃動，我還在旗杆的最頂端搖著。整個學校連門衛間的大伯和掃地的大媽都出來看我了。不過我一直覺得很奇怪，在那個校辦廠裡，始終緊閉著大門，那些人還在全神貫注的工作，有一個人抬頭看到了，馬上又低下頭去打磨他的零件。在這樣重大的群體性事件中，他們還能保持這樣的工作，他們究竟在幹什麼？

作爲一個標竿性的人物，我已經快用完我所有的體力了。老師們在內部商量，學生們在外部觀看，我那個時候的視力很好，在茫茫的人海裡，我鎖定了一個人，我以前怎麼沒有看到過妳，同學，妳是哪個班級的，妳仰頭看我的神態好漂亮，我雖然高高在上，但是已經徹底爲妳臣服，等我落地了以後，我一定會來找妳的，同學。桃紅色碎格子襯衫，淺藍色裙子，馬尾辮不戴眼鏡的這個女孩子，妳仰起的臉龐就像是我用手指抬起了妳的下巴，妳好奇的眼神就像我用另外一隻手在撩起妳的劉海。同學，我愛妳。這是我生平第一次愛上一個人，只是我沒有想到是在這樣的一個人生的高度上，而且還身裹國旗。

我的視線一直牢牢的盯著這個女生，心跳加速。

我腳下的老師正在忙著把墊子換到書包的上面，因爲要抽出墊子，所以導致書包壘成的緩衝層往下倒塌了一點，這引起了同學們的一些不滿，認爲老師們很自私，要把自己的東西放在上面。體育老師問了一句話，他問我，這樣如果跳下來的話，會不會疼？

我已經意識到了，群眾經過不懈的努力，以或熱誠的，或眞摯的，或看熱鬧不怕事大的心態完成一個作品，就像武器專家其實盼著打仗一樣，他們應該會盼著我從上面掉下來，好檢驗檢驗他們的產品。但是我不在乎這些，我只在乎這個女生，她被裹在洶湧的人潮裡，我的眼睛始終牢牢的盯著她，我的人臉辨識系統和自動聚焦系統全速的工作著。每一眼的對視都給了我力量。雖然我知道，那其實是一種一對一百的對視，地上的人們，你們一定以爲我在看你們，其實不是的，我在看她。

在記憶裡，我記得她突然不知何故轉身走了，也許是被我看毛了。我伸出了手，想隔著幾十米的空氣留住她。啊。我掉了下去。

那自由落體的感覺——我已經忘了。在一口呼吸的時間裡，我掉在了墊子上，周圍都是高聲的歡呼，但是接觸到書包的一剎那，我還是兩眼一黑。我摔到了兩個墊子的接縫裡，直接摔在了書包上，我只記得一本書的書角插了我的小鳥一下，好痛。那是一只黃色的聖鬥士系列書包，上面的圖片正是我的偶像——不死鳥一輝。我忍痛抽出了那本插我的書，那是一本高年級的政治書，我把書塞回到了書包裡，緊緊的拽著那只書包，書包上的一輝正盯著我看，那是眞正的盯著我看，我們都有眼神的交流。而後我能聽到的聲音越來越輕，我覺得肚子和胸口有點悶，老師們撲了上來，體育劉老師和班主任是最早到我身邊的。他們一把把我挽在他們懷裡，然後說，你在說什麼，你說大聲一點，你在說什麼，大聲一點，大聲一點。

我用盡此刻全身的力氣，說了三個字，那三個字我是說給那個女生聽的，這是我的心聲，我腦海裡都是她的影像，我第一次感受到愛的奇妙，她讓我超脫了生理的痛苦。我揪著班主任的衣領，艱難的反覆呢喃著這三個字——不死鳥。

我醒來的時候是在鄉衛生院。旁邊放了一張報紙——《鄉的風貌》。《鄉的風貌》是我們亭新鄉文化站辦的報紙，在《鄉的風貌》第四版上，赫然寫著

〈亭新鄉小學一學生爬上旗杆，全校師生團結搶險〉，報紙上的題記寫道：

本報訊，一位五年級四班的同學在昨天不小心爬上了中心小學的旗杆，無法下來，全校師生積極組織搶險工作，共動用墊子三十六個，書包一千餘只，成功挽救了該小學生的生命。小學生獲救後反覆說，謝謝老師。

報紙還配了一張照片，照片上的我爬在旗杆上玉樹臨風。我看了一看照片的署名，媽的居然是我的同學，他是攝影組的人，原來我爬在旗杆上的時候，他們攝影組正在以我爲題材進行創作，難道是我很好對焦嗎？

三天以後，我上課了。僅僅是輕微腦震盪。我走進學校的時候頓生自卑，彷彿這裡的每一個人都是我的救命恩人。理所當然的，同學們都在看我，他們在議論我，但是他們背地裡都叫我猴子，因爲我爬得高。我不喜歡尖嘴猴腮的東西，但是他們叫我猴子。這些我都不在乎，在乎的是，我在找那個女孩子，妳是幾年幾班幾排幾座？

•

回憶到了這裡先了結一下，我抽身到了現實裡。綠色的大門緩緩打開，一輛海獅麵包車開了出來，裡面應該是坐著很高的領導。他打了一個右轉向燈，結果卻左轉了。我突然想起我的「一九八八」，「一九八八」應該還停在金三角洗浴城的下面。我叫了一輛黃色的客貨兩用車要去金三角。貨車的司機要我十元，這個價格其實公道，但是我的包都還在房間裡，身邊只有六塊零錢。我說，師傅，我差四塊，你能不能跑？

司機說，能跑，但是你只能坐在後面貨車的斗裡。

我問他爲什麼，你身邊的座位不一樣是空著的麼？

司機很實在，他說服了我，他說，你坐在車裡，但是錢沒付滿，我心裡不爽，你在後面，我就能對我自己說得通，這個是客貨兩用車，你身上錢不夠，你不能是個客，你只能是個貨。

作爲貨的我，站在後車廂裡，手抓著欄杆，望著這個縣城，春風沉醉。雖然我的臉上還是疼，但是我能吹到風，雖然我的旁邊有鐵欄杆，但是我能縱身一躍，拍死在公路上，這已經多麼自由。

我現在是貨，十分鐘以後，等我拿到了包，我就是客。只是不要耽誤了我的行程。我要從這裡出發，沿著三一八號國道，開到那裡的盡頭。不要以爲這只是一場膚淺的自駕遊，不要以爲我是無根的漂泊，我的根深深的扎在這片土地上，我一度以爲自己是種子，被這季風吹來吹去，但是我終於意識到，我不是種子，我就是連著這根的植物，至於我是一棵什麼樣的植物，我看不到我自己，那得問其他的植物，至於我爲什麼一直在換地方，因爲我以爲我扎在泥土裡，但其實我扎在了流沙中。

這麼多年來，一直是我腳下的流沙裹著我四處漂泊，它也不淹沒我，它只是時不時提醒我，你沒有別的選擇，否則你就被風吹走了。我就這麼渾渾噩噩的度過了我所有熱血的歲月，被裹到東，被裹到西，連我曾經所鄙視的種子都不如。

一直到一周以前，我對流沙說，讓風把我吹走吧。

流沙說，你沒了根，馬上就死。

我說，我存夠了水，能活一陣子。

流沙說，但是風會把你無休止的留在空中，你就脫水了。

我說，我還有雨水。

流沙說，雨水要流到大地上，才能夠積蓄起水塘，他在空中的時候，只是一個裝飾品。

我說，我會掉到水塘裡的。

流沙說，那你就淹死了。

我說，讓我試試吧。

流沙說，我把你拱到小沙丘上，你低頭看看，多少像你這樣的植物，都是依附著我們。

我說，有種你就把我抬得更高一點，讓我看看普天下所有的植物，是不是都是像我們這樣生活著。

流沙說，你怎麼能反抗我。我要吞沒你。

我說，那我就讓西風帶走我。

於是我毅然往上一掙扎，其實也沒有費力。我離開了流沙，往腳底下一看，操，原來我不是一個植物，我是一隻動物，這幫孫子騙了我二十多年。作爲一個有腳的動物，我終於可以決定我的去向。我回頭看了流沙一眼，流沙說，你走吧，別告訴別的植物其實他們是個動物。

我要去向我的目的地。我要去那裡支援我的兄弟們。

貨車到了金三角，「一九八八」歷久彌新，停了一夜都沒有落灰。不知道爲什麼，在路上經常看見一樣的老車，但是我自己那台總散發著特殊的光芒，我曾經把它停在另外一輛一樣型號的旅行車旁邊仔細端詳，是不是我的那台在比例上眞的要合適一些，但這兩台車眞的是一樣的，我覺得這是精神的力量。一頓飯出來，我就拿鑰匙捅錯了車門，我才知道，那是偏見的力量。不管怎麼樣，我都是那麼喜歡「一九八八」。我發動了它，它的化油器被調教得多麼好，一滴油都沒有漏在地上。我開上了「一九八八」，沿著原路回去，到了警察局門口，像便衣一樣停著，直勾勾看著每一個出來的人，一直到太陽落下，我都沒有能夠看見她。我想，按照懲罰守恆，我作爲一個沒有抓到證據被弄傷的嫖客，公安機關很委屈的放了我，他們會不會對田芳，珊珊加重處罰，在美國生的孩子是美國籍，在香港生的孩子是香港籍，在監獄裡生的孩子是什麼籍？我掰著手指頭盤算，是監獄籍？應該還是中國籍，但好似區別也不是很大。

我開門走到門衛間，說我要找人，要找那個和我一起抓進來的女的，她已經懷孕了。

門衛說，叫什麼名字，在哪個科室？

我說我不知道。

門衛說，和你一起抓進來的啊，那現在還在審訊期間，你探望不到的。

我問他，我怎麼才能探望到？

在最後的一抹亮光裡，我看見她步履複雜的從門裡走出來。我連忙迎了上去，說，珊珊。

珊珊看著我，怔了許久，說，我叫黃曉娜，叫我娜娜。

我說，我的資訊有點爆炸，妳讓我記了四個人名。

珊珊看著我，說，叫我娜娜。

我說，妳爲什麼搞這麼多名字？

珊珊看著我說，你媽給你的名字，你用這個名字去當雞啊，叫我娜娜。

我說，好，我叫妳娜娜。

娜娜坐在車上，半晌沒有說話。她問我能不能抽煙，我說能抽煙，但是她沒有抽煙。她把窗搖下，說，你也罰了不少錢吧？

我說，傾家蕩產。

娜娜說，我本來想罵你，跟你他媽的就是背，我幹這麼多年第二次進去。

我問，那妳上一次進去是怎麼回事？

娜娜又搖上窗，瀟灑的說，我剛幹這個，攢了兩萬，想回老家幹服裝生意，幹最後一票的時候，可能也不是最後一票，反正就是最後那麼幾票的時候給抓了，罰了兩萬才出來，這次我又攢了兩萬，這幫人是不是和銀行串通了啊，天天查我卡裡有多少錢啊，到了兩萬就來抓我？

我情不自禁的收了一腳油，說，妳的兩萬塊給罰了？

娜娜說，要不我得勞教半年。小孩在肚子裡長到三個月就有聽力了，我怎麼能讓他聽到勞教犯說話啊。

我說，那妳的兩萬沒有了怎麼辦？

娜娜掏出翻蓋手機，沒事似的打開了翻蓋，說，我找他爹。

我疑惑的看著她，問，妳怎麼知道他爹的電話號碼？

娜娜說，有兩個人要了不用套的服務，我趁著他們洗澡，用他們的手機撥了我的手機，萬一出事了我能找到他們。我一般遇見自己覺得喜歡的人，或者要了不用套服務的人，我都會趁著他們洗澡，把他們的手機號碼偷偷留下來。

你看，通了。喂，劉先生，我是珊珊，你記得嗎？對，你什麼時候再光顧啊？

電話號碼，電話號碼是你自己留的啊，你忘記了啊。嗯。嗯。我幫你問問，我幫你問問。

娜娜掛斷了電話。我問她，怎麼了，怎麼不直說？

娜娜說，直說了就把人嚇跑了，手機號碼一換就再也找不到了。

我說，不可能，會有人不要自己的孩子？

娜娜玩弄著手機，說，一大把。

我在車裡搜索著電台，說，他要妳幫忙問什麼？

娜娜歎氣道，他要讓我問，有沒有新來的姐妹。

我說，那妳就得說有。

娜娜說，是的。

娜娜撥了號過去，也許斷線了，她又轉身尋找了一下信號，繼續撥過去，還是響了一聲就斷了。娜娜開了免提，問我，你看，這是什麼情況？

我說，我知道，以前我的女人躲我的時候就這樣，響一下就是忙音，他把妳拖到防火牆裡了。

娜娜問，什麼牆？

我說，他把妳的手機號碼放在黑名單裡了。

娜娜說，哦。

我撫了撫她的頭髮，說，不要緊。

娜娜罵道，這個烏龜王八蛋，一本正經的一個人，戴個眼鏡斯斯文文，說他怎麼事業有成，說做男人最主要的是負責任，一有事找上去就慫了。

我想安慰娜娜幾句，結果變成了爲這個男人開脫，我說，娜娜，妳也沒說是什麼問題，說不定那個男的就是不想再出來玩了，妳給他發個短信，黑名單裡的短信萬一哪天他看到了呢。

娜娜說，嗯，你眞熱心，什麼都懂。

我說，我就懂這個，因爲我以前女朋友屏蔽了我以後，我就給她發短信來著，她能看得見。

女人都天生想知道別人感情故事的發展，娜娜暫時把自己置身事外，關切問道，那後來呢？

我說，後來很好，她男人給我回消息了，消息上說，今天是我們一周年紀念日，我們感情很好，請你不要再騷擾她。

娜娜說，哎呀，那你一定很難過。

我說，是啊，可我和她分手才兩個月。

娜娜完全忘我了，問道，那你找她幹什麼呢？

我說，她老在外面混，認識的人多，那個時候我一個朋友進去了，我想問問她認識不認識什麼人。

娜娜開始延伸這個故事，問道，你朋友怎麼進去了？

我說，他襲擊了化工廠。

娜娜問，誰是化工廠啊？哦，是化工廠啊，他襲擊化工廠幹什麼？

我說，這個事情挺長的，我以後和妳說吧，妳先給妳的那個先生發短信。

娜娜說，哦。

其實我是比她還要緊張的，雖然我們是患難之交，但我其實對這個女孩子並無感情，我希望她一切安好，然後下車。我希望她聯繫的下一個人可以幫到她，這樣她就不必向我借錢。我無心無力帶她一起上路，她只是我旅途中一個多說了幾句話的妓女而已。

我們到了一個馬路超市邊，我停下了車，給了娜娜一百塊錢，說，娜娜，去買一些東西，我在車裡等妳。

這個超市是一個山寨的大超市，燈光明亮，超市門口有五彩的布棚支起的一個露天檯球桌，很多赤膊的青年貓著腰在打檯球。對面是一個巨大的廠房。

娜娜接過錢，往前跑了幾十米，又折回來，問我，你要吃什麼？

我說，隨便。

在車裡等待的時間，我不停的搜索著當地的電台，可是那些國道旁邊的小鎮邊，都只有同一個類型的節目，我從調頻九五一直擰到了調頻一○九，只能聽到不停的有聽眾打進電話，要不是不行了，就是性病了，連個音樂都沒有。檯球桌那邊開始喧鬧，一個膚色黝黑的平頭男子，他解下了皮帶，用皮帶頭抽著對面桌的兩個男子，旋即褲子掉了下來，他索性脫了牛仔褲，像那兩人扔去，那兩人落荒逃走，男子撿起褲子，把兩個褲腿往身上一繫，站上了檯球桌，對著剩下的十幾個男子說了一堆話。我不知道他說話的內容，他像極了我的哥哥。

我回想起了我從旗杆上掉下來以後。這個旅途上，我打算在一切等待和寂寥的時候，將我的童年回憶一遍。對了，我忘記告訴你們，我有一個哥哥。作爲遵紀守法的好家庭，我當然不可能有一個親哥哥，這個也不是我的表哥，他是我的鄰居丁丁哥哥。他是一個大學生，是我們附近的榜樣。那個時候大部分人都去考職校和技校了，因爲職校和技校最見效。我哥哥考取大學以後回來的第一周，好多周圍的職業和技校生都圍著我哥哥，要看看我哥哥的課本，他們想知道我哥哥都學了些什麼，大學和技校有什麼區別。我哥哥只拿出了兩本書，一本《八月之光》，一本《憤怒的葡萄》，說，我的書單都有四頁紙。

我們都知道他在裝逼，但我還是被他深深的迷倒了。丁丁哥哥說，你最愛讀書，你拿走一本去讀吧。

三年級的我選擇了一本《憤怒的葡萄》，因爲它看著更好看一些。但我只讀了一頁，因爲它完全不是一本講葡萄的書，而我在我家養雞的小院子裡種了葡萄，葡萄藤已經開始沿著晾衣服的竹架攀爬，我想知道葡萄是怎麼想的，葡萄的人生是怎麼樣的。

隔了一天，丁丁哥哥找到我，收掉了那本《憤怒的葡萄》，他說，我昨天晚上想了想，我覺得你也看不懂。

在身邊的所有人裡，我就管他一個人眞心叫哥哥，因爲我最欽佩他。他學習成績好，血氣方剛，總是能挺身而出。雖然他總是爲了姐姐們挺身而出。丁丁哥哥去過很多很多地方，他每次回來都會給我講他旅行的故事，他總是代表這裡，代表那裡，去到必須要坐火車才能到的地方，而我連火車都沒有見過。我第一次看到火車便是丁丁哥哥帶著我，我坐在他的自行車前杠上，他一直不停地蹬，速度飛快，我緊緊的抓住把手。丁丁哥哥說，如果我們有一台摩托車就好了。我問他，你會開麼？他說，當然。

一個多小時以後，我才看見鐵軌，我們又等了一個小時，我終於看見第一列紅色的火車從我眼前開過。一如所有兒童的本能，我開始數著車廂數，突然我發現異樣，問丁丁哥哥道，咦，爲什麼火車不是綠的呢？

丁丁哥哥說，邪了，我也是第一次看見紅色的火車，也許是國家領導人坐在裡面的專車，所以是紅色的。

我馬上立正，對著火車敬了一個禮。

丁丁哥哥連忙問我，說，你這是幹嘛？

我說，我在向領導人致敬。

丁丁哥哥說，火車開那麼快，領導人根本就看不見你敬禮。

可我還是筆直的在敬禮。

火車的最後一節呼嘯而過。

丁丁哥哥大喊一聲，禮畢。

我這才放下了手。

雖然那一天我的屁股坐開了花，你能想像在一根單杠上坐了兩個小時無所事事該是多麼的蛋疼，但是我依然堅持坐在前面，因爲如果坐在後座，丁丁哥哥高大魁梧，把我前面的視線擋得死死的。回來的路上我興奮難抑，第一次遠行，丁丁哥哥便帶我看到了國家領導人。後來丁丁哥哥去的地方更遠更多，他去過香港，他甚至坐過飛機。他對我們說坐飛機的經歷，周圍圍繞著三十多個從各個地方趕來的人。丁丁哥哥告訴我們怎麼樣登機，還要過安全檢查，在跑道上加速的時候推力是多麼的大，然後一句起飛，我們的頭都同時一仰，感同身受。我有任何不懂的事情，都會跑到隔壁去問丁丁哥哥。當然，我媽媽叮囑過他，不要讓幫我做數學題，可丁丁哥哥自己都有數不清的作業和參加不完的比賽。他還練散打。丁丁哥哥的家境要比我們好一些，所以他們家的樓房是三層，他經常爬上他們家三樓的平台上練散打，我就在我們的水泥場上仰望他，一望就是半個小時，因爲老是逆光，看著雖然形象光輝，但是影響視力。我懷疑我的眼睛就是這樣看壞的。有一次我撿到了一副被踩破的墨鏡，是一個兔子的牌子，有一片鏡片是好的，我就把那片鏡片撿起來，用於在樓下看丁丁哥哥練散打，這個習慣我保持了好久，以至於學校組織看日全食的時候，我滿眼睛依然是丁丁哥哥。

我周圍還有不少哥哥，但是那些哥哥們渾渾噩噩，還有一個哥哥甚至要和我們搶彈子。那個哥哥一直在換工作，總是不能變成合同工，是我們這裡最大的一個哥哥，小夥伴們都叫他臨時工哥哥。

在那個時候，打玻璃彈珠是我們最愛的遊戲，我們叫這個爲打彈子，我有大概六十個彈子，那個時候的彈子是兩分錢一個，我最喜歡彩色彈子，當然，大家都喜歡彩色彈子。我們當時打彈子就一個規矩，那就是蹲定了以後腳不可以動，但因爲那個時候小，沒力氣，所以手是可以往前送的。我的周圍有四五個小夥伴，每個人的準星都差不多。臨時工哥哥他就喜歡和我們玩打彈子，我們一般都帶二三十個彈子，他只帶三四個，可是他有大彈子和小彈子。因爲他去過發達的南方，那時候只有南方的彈子有大小，我們這裡都是均碼。他在要打別人的時候就換大彈子，別人打他的時候就換成小彈子，他每天都要贏走我們二三十顆彈子。但是我們躲不了他，因爲能打彈子的泥地就那麼幾塊。後來我們規定，不能換大小，臨時工哥哥說不行，說憲法上沒有規定打彈子不能換大小，只怪我們只有一種尺碼，而他有各種尺碼。我們表示不相信，因爲我們是少年先鋒隊員，法律一定會保護我們的。當時我記得最神的地方是他居然眞的拿出了一本憲法，我們一條一條對下來，發現憲法上眞的沒有規定在打彈子的時候不能隨意變換彈子的大小。我們只能伏法，繼續被他欺壓。

事情的轉機出現在我們最猛的小夥伴身上，他也是我所景仰的小夥伴。他的外號是十號，因爲他喜歡踢球，他說，我是十號。

我發現我生命裡所崇拜的都是那些熱血的人們，雖然我不是一個冷血的人，但我的血液是溫的，我總是喜歡看見那些熱血的人們，我希望我成爲他們中的一個。我總是發現，當我在發呆的時候，他們已經在思考了；當我在思考的時候，他們已經行動了；當我行動的時候，他們已經翹了；然後我又不敢行動了。翹了的他們就成爲我生命裡至高的仰望。我天生佩服他們，希望他們身上的血能夠溫熱我的身體。

那位小夥伴，十號，他和我們研究過好幾次如何懲罰那個臨時工哥哥。他有一次把我們召集起來，說，我們要反抗。

我們另外三個小朋友問道，怎麼反抗？

他說，在他蹲下來瞄的時候，我從後面用鞋帶勒死他，你們要做到的就是不要看我，假裝在打彈子，你們能做到麼？

我搖搖頭，表示我做不到，我覺得這麼大的事情要發生了，我肯定不能忍住不看。

他說，那我們在他喝的水裡下毒，下老鼠藥，唯一要做到的就是當他死了以後，警察問起來，我們誰也不能交代。你能做到麼？

我搖了搖頭，說我做不到，只要我爹擰我的屁股超過一百八十度，我就什麼都招了。

十號當時從書包裡掏出了語文書，翻到了劉胡蘭的那一頁，說，你看看。

我當時還是低年級，沒有學到這篇課文。在我年少的記憶裡，我只是覺得非常好奇，爲什麼他們總是能瞬間掏出一本書來。

我仔細的看完了劉胡蘭，非常的氣憤。我問十號，劉胡蘭長什麼樣，書裡的圖被你摳下來了。

他解開了自己的襯衫，露出了白背心，白背心上赫然貼著劉胡蘭。我想，這應該是中國文化衫的起源。他讓我看了一眼，馬上就把衣服扣了起來。說，我估計你這樣的人，還是會招的，你太慫了。我還得再想一個辦法。

那一天打彈子的情景，我記憶猶新。在我們打到第二局的時候，臨時工哥哥一如既往的來了。我仔細的端詳著臨時工哥哥的相貌，就像端詳一具將死的屍體。臨時工哥哥單眼皮，有點朝天鼻，大耳朵，牙齒有一個是黃的，有口氣，一米七，穿回力。那天的彈子我打得非常心猿意馬，很快就輸剩三粒。

我一直注意著十號，十號沒有帶水，沒有帶刀，穿的鞋子也沒有鞋帶，周圍也沒有板磚，十號會怎麼殺人呢？輪到了臨時工哥哥，臨時工哥哥不動聲色從兜裡掏出了大號彈子，瞄準了我的那顆彩色彈子，十號已經到了我的彈子後方，臨時工哥哥打歪了，他朝自己吐了一口唾沫，十號馬上撿起那顆大彈子向著河岸飛奔了起來，我們所有人都怔了幾秒，下意識的緊跟著飛奔，臨時工哥哥也反應了過來，他三步就已經超過了率先啓動的我，直逼十號，十號離開河岸還有一百多米，我知道他想把這顆彈子扔到河裡，但是臨時工哥哥沒幾步已經在他身後幾米，忽然間，他捣住嘴一弓腰，把大彈子吞了。

我們所有人都楞了，臨時工哥哥上前去，說，你吐出來。

十號說，我要死了。

臨時工哥哥撒腿就跑了，我鄙視這些撒腿就跑的人。十號躺在我們的懷裡，又說了一遍，我快死了，我覺得喘不過氣來了，我的肚子好沉啊。

我們七嘴八舌說，快去叫救護車。但是我們都不知道怎麼叫救護車。

十號說，不要讓大人們知道。我是爲了你們而死的。從今天起，他就沒有大彈子了，你們一定要戰勝他。

我說，我們會的。

我旁邊的另外一個小夥伴握著十號的手，說，他還有一個小彈子，我們老是瞄不準那個小的，我也會把它吃掉的。

十號說，操，我吃大的，你吃小的，你眞……

說著，十號的頭一歪。我們都哭了起來。我說，我們挖個洞把他埋了吧。另外一個小夥伴說，十號沒有死，他還在喘氣。

十號又把頭轉了過來，說，要死的感覺好難受。我有一些遺言要說。我沒有喜歡的女同學，我長了這麼大，活了這一輩子，沒有愛上過任何女人，我只愛一個人，劉胡蘭。

我當時腦子裡盤旋著一句話，就是說不出口，因爲那個時候還沒有言語可以形容這種感受，二十年以後，人類的語言終於進化到我可以描述我當時的感受，那句在我腦海裡不成句的話其實就是，你口味夠重的。

十號嚥了一口口水，掃視了一圈我們，說，其實今天，我覺得我很光榮，我也對得起劉胡蘭，和她比起來，我也不差，我也是硬漢。數學劉老師，他當眾罵過我，我死了以後，把骨灰撒在他家被單上；紀律委員他罵我，把我的骨灰撒到他的鉛筆盒裡；臨時工，我決定不殺他，但是他卻用他的彈子殺了我，把我的骨灰撒到他家屋頂上；我奶奶最好了，她的老母雞下蛋的時候，別人都不能去摸，就我摸過她的老母雞，把我的骨灰撒在雞窩裡；我的外公也很好，我去他錢包裡偷錢的時候，看到他錢包裡藏了我奶奶的照片，他喜歡我奶奶，把我的骨灰撒在他的菜地裡；我媽媽不好，她自己買了很貴的鞋，不給我買運動鞋，她說她支持劉老師，把我的骨灰撒在她鞋子裡；我的爸爸在遠洋輪上，給他寫一封信，把我的骨灰撒在信裡；我的……我有多少骨灰？

我說，我外公死的時候我看了，大概有幾把。

十號說，這麼點？

旁邊的一個小夥伴說，我要去吃飯了，吃完飯再過來。

那天一直到晚上，我們輪流聽著十號的遺言，現在想來，十號是值的，他只吃了一粒彈子，就換來了四個人輪流的傾聽。後來我把這事情告訴了丁丁哥哥。但我沒有說十號吃了彈子，因爲丁丁哥哥是大人，十號的遺言之一就是不要告訴大人。我只說了臨時工哥哥怎麼欺負我們。丁丁哥哥說，等等我，我一會兒要去約會看電影，明天我就給你出面解決這件事情。

這是一個漫長的夜晚，整個晚上我都在等十號的媽媽奔喪。第二天我委靡不振的來到了泥地上，看見十號已經在那裡打彈子了。十號說，我沒有死。

我說，我看見了。

十號說，這已經是我第二次死裡逃生了。上一次我把口香糖嚥下去了，我媽說，口香糖是不能嚥下去的，否則就要死，但是我等了三天，還是沒死。我是不死鳥一輝。

我當時就急了，說，我才是不死鳥一輝，你不是冷酷的冰河嗎？

十號說，我連續兩次沒有死，所以我決定我不是冰河，我是不死鳥一輝。

我急火攻心，說，我是不死鳥一輝，我已經從旗杆上摔下來了，也沒死，我是不死鳥一輝。

十號說，哈哈得了吧，你以爲你很帥啊，你掛在上面，很慫的。我們都看著，最後是大家的書包救了你，要不然你早就摔死了。但是我吃了彈子都沒有死，所以我才是不死鳥一輝。而且我決定，我不放棄冰河，我是冰火戰士，我是冰河和火鳳凰不死鳥一輝。

這是我生命裡第一次的信仰崩塌，因爲以前我一直以爲我是不死鳥，我覺得我的生命的存在是和別人不一樣的，上天讓我在這個世界上，肯定有上天的安排，我不知道這個安排是什麼，但一定有一個使命，所以，在這個目標實現之前，我是不能夠死的。不死，是我唯一的信仰，但是我怕疼，所以我一直沒有那些小夥伴們奔放，但是我堅信，我是不死的。後來看到了動畫片，才知道，原來我對應的名字叫——不死鳥一輝。我們一共五個小夥伴，大家都是分配好的，最矮的那個叫星矢，最娘的那個叫阿瞬，有一個老是摔傷，經常塗滿了紫藥水，所以他是紫龍，十號家裡是第一個買冰箱的，他經常使用製冰功能，然後放在兜裡扔我們，所以他是冰河。我當時話語權最少，一共只有四個青銅聖鬥士，所以我什麼都沒有輪上，但是隨著劇情的深入，突然出現了不死鳥一輝，我很激動，他和我的理念不謀而合，我當時就飛奔到千家萬戶，告訴大家，我是不死鳥一輝，因爲對另外四個的地位沒有什麼影響，我就順利變成了不死鳥一輝。我深深爲這個稱號而感到驕傲。但是今天，冰河突然過來說，他要我的這個稱號，而且還保留自己的稱號。

那我是什麼？

我生命中很少有這麼有勇氣的時候，因爲我覺得支撐我的被抽空了。我揪住十號的衣領，要用我最有力的聲音一字一句的告訴他，我是不死鳥一輝！

但是在我揪住他的衣領的時候，他的衣扣突然間崩了，襯衫驟然的敞開，他帶著驚慌看了我一眼，夏天的風揚起了他的髮梢，他沒有還手，但是我看見了劉胡蘭，心裡一陣慌亂，我看了看四周，小夥伴們也都茫然看著我，我突然想到，他昨天剛剛冒死趕走了臨時工哥哥，他是有威信的，我怎麼能觸犯他。但是我必須要把我心裡的話說出來。

我鬆開了十號，說道，我不是死鳥一輝。

這是我到那個時候爲止，生命裡最重要的台詞，我居然把它說錯了。我丟失了這個稱號。丁丁哥哥騎著摩托車到我的面前，他手裡拎著一個塑料袋。我們圍了上去，我走在最後面。丁丁哥哥把塑料袋扔在地上，嘩啦啦一聲響，幾百粒彈子撒在四周。我們都歡呼了起來。丁丁哥哥發動了摩托車，說，我已經幫你談過話了，他把彈子都還了。你們分吧。說完一擰油門，他的白襯衫像風衣一樣飄逸，還瀟灑的換了一個檔。我頓時又被他迷倒了。在那個時候，只有他會開帶換檔的摩托車。我呆呆的看著他，小夥伴們都已經在搶彈子。

十號出來主持局面，說一切都是因爲他的英勇，而且他是雙料聖鬥士，所以他先選。然後是我們四個人。出於公平，我們先數了彈子，一共四百七十二粒，沒有想到他贏了我們那麼多。十號挑走了一百五十粒，我不記得他們拿走了多少，我最後得到了三十多粒。我記得我明明是輸給臨時工哥哥最多的那個人。

我們把各自的彈子藏回家以後，又聚集在泥地上開始新一輪。大家都盤算著怎麼把其他人的那些存貨贏過來，我就想贏十號的，因爲他是第一個挑彈子的，他的彈子最新，最彩色。他要開始打的時候，我萬萬沒有想到，他從兜裡掏出了一粒大彈子。他緩緩的用他的大彈子擊中了我的那粒，我血液翻騰，不假思索，拾起他的大彈子就吞了。

十號一把鎖住我的喉嚨，搖晃著我的腦袋，說，趕緊給我，趕緊給我，我剛拉出來就給你吃了，快還給我。

說來奇怪，那一粒彈子我再也沒有拉出來過，他們都以爲是我藏著不掏出來，後來他們四個人投票，廢除了打彈子的時候可以使用大小不一的彈子這個規定，後來隨著市場經濟的深入，我們鎮上也出現了大小不一的彈子。我只是好奇，那一粒彈子去哪裡了。它也許留在我身體裡，化成了我最年少的結石。

丁丁哥哥的身材很好，他和那些書呆子們不同，他喜歡體育，很早赤膊。在五月裡，他就開始光著上身，對著籃球架引體向上。他可以做三十下，我可以做三下。他教我如何雙手握著籃球架上的橫杠在上面轉一圈，我一個夏天都喜歡供著籃球架打轉，我衣服的腹部都是鏽水。丁丁哥哥有一次甚至把籃球架都拔了起來，換了一個地方，因爲他說籃球架在的地方不好，他在學習的時候每天都要看到，讓他分心。

我相信，丁丁哥哥那天是去找了臨時工哥哥，並且把他痛打一頓。但是丁丁哥哥後來告訴我，他只是去談了談，他說打架當然能解決問題，談也能解決問題。我說，那你爲什麼不像香港電影裡那樣，直接就打架呢？

丁丁哥哥沉思許久，意味深長的看著我，把手放在我的肩膀上，說，因爲會疼嘛。

我點了點頭。

丁丁哥哥說，他在學校裡是學生會的主席，有的事情，靠談就搞定了，他有領導能力。丁丁哥哥說，那天，我去找了臨時工哥哥，問他緣由，因爲像我們這種大人，是不會打彈子的。

我看著丁丁哥哥，丁丁哥哥一點頭，繼續說，果然。

我一精神，問，那是爲什麼呢，他要和我們打彈子？

丁丁哥哥說，因爲他要贏你們的彈子，他不光和你們打，他還和別的小孩子打，因爲他要買一只紅燈牌錄音機。

我說，哇。

丁丁哥哥秀了一下肱二頭肌，說道，我說，你這是不可以的，你這是欺負小孩子。你要錄音機幹什麼？他說，他要錄一盤磁帶，唱一首歌寄給他的筆友。

我說，他可以去借一台錄啊。

丁丁哥哥說，總是有私心的嘛，他當然也想自己聽聽，後來我就帶他去了文化站，借了我一個朋友的錄音機。

我說，哇，文化站的人你也認識啊。

丁丁哥哥雲淡風清道，一個朋友。

我說，那臨時工哥哥唱了一首什麼歌啊？

丁丁哥哥說，他錄了一首《塵緣》。

我說，什麼是《塵緣》啊？

丁丁哥哥說，你爸媽不看電視啊，主題歌。

我說，嗯。

丁丁哥哥哼道，塵緣如夢，幾番起伏總不平，繁華落盡，一身憔悴在風裡，回頭時無晴也無雨，漫漫長路，起伏不能由我，人海漂泊，嘗盡人情淡薄，熱情熱心，換冷淡冷漠，任多少眞情獨向寂寞，人隨風過，自在花開花又落，不管世間滄桑如何……

我打斷了丁丁哥哥，笑道，哈哈哈哈哈哈，臨時工哥哥也會唱歌，臨時工哥哥也會唱歌。

我沒有意識到，那一刻是丁丁哥哥在唱歌，這是我第一次聽他唱歌，但是我卻打斷了他，丁丁哥哥看著我說，漫漫長路，起伏不能由我。

我跟著唱道，漫漫長路，起伏不能由我。

丁丁哥哥說，這是去年的歌，今年唱著還挺有感覺。

我跟著說，挺有感覺！

丁丁哥哥答應在那個夏天教我足球中的假動作，丁丁哥哥說我踢球太老實了，往左就是往左，往右就是往右，你的身體已經告訴了對手一切。你要把球踢好，要把球控制在自己的腳下，就要學會假動作，你眼睛看著右邊，身體晃向右邊，你伸出右腳，大家都以爲你要往右去了，突然之間，你的左腳一發力，你其實是向左去了，你就把大家都騙了，踢球過人一定要做假動作。等我回來我就教你假動作。

丁丁哥哥在春天收拾好所有的行囊，握著一張火車票向我告別。

我說，丁丁哥哥，你要去南方還是要去北方啊？

丁丁哥哥說，我要去北方。

我說，哇，帶我一起去吧。

丁丁哥哥說，不行，你太小了。

我說，我坐火車不用錢的。

丁丁哥哥說，不行，你太大了。

我說，丁丁哥哥，你去做什麼啊？

丁丁哥哥說，我去和他們談談。

我說，你和誰談談啊？

丁丁哥哥唇邊露出微笑，急切的說，這個世界。

我說，哇噢。

如果丁丁哥哥還活著，現在應該是三十八歲？三十九歲？四十歲？我已經迷糊了。娜娜買了兩大塑料袋的食物向我走來。沒走幾步，就扶著垃圾桶吐了起來。我趕緊打開車門，門邊正好撞到一個推著液化氣罐的老大爺。我沒顧上，徑直穿過馬路。老大爺大喝一聲，小夥子，你站住，撞了人想跑？

我立即站住。周圍人被這一呵斥，都紛紛看向我。我退回到老大爺邊上，說，老人家，你沒事吧？

老大爺氣得一哆嗦，指著我道，有事沒事，現在還不知道。

周圍圍上來幾個人，鄙夷的看著我，幫著老大爺整了整衣服，上下看了一圈，用當地話說道，你有事沒事啊，動動，趕緊動動，趁人在，哪裡不舒服就說，等人跑了，你再不舒服就倒楣了。

老大爺活動著腿腳，甩了幾下胳膊，說，我胳膊有點疼。

我看著馬路之隔，娜娜吐得更加激烈，她淚光閃爍地看著，向我搖了搖手，我趕緊掏出一百塊錢，塞在老人的手裡，說，老大爺，我朋友不舒服，我得去幫她提東西了，你自己要不去買點補品補補吧，對不起啊。

塞了錢我就跑了，老大爺沒有異議，把錢摺好小心翼翼放進兜裡，繼續推著液化氣罐緩緩走向前方，我順著他來的方向看了一眼，幾里之外，正在夜色和橘黃色燈光的邊緣，掩蓋在不知名的霧氣裡有一個工廠，那裡杵著兩個大罐頭，想來老人是剛換完液化氣推回家。我拍了拍娜娜的背，娜娜說，你別拍了，你拍得我想吐。

我說，電視裡都這樣的，娜娜。

娜娜從包裡掏出紙巾，擦了擦嘴，說道，去車裡吧。

我掠了一眼那個赤膊的男子，他沒有丁丁哥哥那樣的氣質，他只是一個露天檯球廳流氓，但他跳在檯球桌上講話的那一幕像是丁丁哥哥會做的事情。此時的我已經比當時的丁丁哥哥大了很多歲，但我總覺得沒有任何一點及他。他背上行囊，留下幾句話就走了，而我想要開完這一條公路卻準備了足足四年，每一次總有推託，要不是怕車壞，就是怕自己沒準備好，也就是五千四百七十六公里的路。我低頭一看里程表，已經開了五百多公里。可是我在哪個省的夜幕裡，我不是特別的確定。我只記得我第一次開了三百公里，然後我就在那裡停了幾個月。因爲迎接我朋友的時候還沒有到來，他出獄的時候變了。這次應該是眞正的旅程。

娜娜坐在車裡，說，這裡好鬧啊，我們往前開吧。

我說，好。我輕輕的往左把方向掰了出來，還沒有開一米，又一個老大爺的手臂撞在了我的反光鏡上。

不准開，小夥子。

老大爺嚷道。我把頭探出去一看，換了一個老大爺。老大爺指著我罵道，現在的年輕人還有沒有禮貌啊，開著汽車，撞了人都不知道下車。

娜娜問我，怎麼了？

我說，沒事，娜娜。妳別下來。

我下了車，利索的打開錢包，再次掏出一百塊，塞在了老大爺手裡道，大爺，啥也別說了，您也補補吧。

開在夜色裡，娜娜說，你損失了一百塊啊。

我說，我損失了兩百。

娜娜說，你告訴我啊，我吵架可有一手了。

我終於鎖定到了一個有音樂的頻率，裡面正播放著張雨生的《我的未來不是夢》，我歎了一口氣，說道，娜娜，算了，不要那麼爭嘛，就一百塊錢，人家畢竟是老人，妳和老人鬥，妳怎麼都會吃虧的。

娜娜在座位上擼著袖子說道，我是孕婦。

我笑著說道，你們倒是一個級別的。妳說說，妳在幹小姐這一行之前，妳是在幹什麼啊？

娜娜打開一包薯條，說道，學生。

我說，嗯，只可惜妳是幹完了一行再幹一行，如果妳是兼職的話，估計能賺得更多一些。

娜娜顯然沒聽明白，她拿起一片薯片，塞到我嘴裡，問道，那你是在幹什麼的啊？

我沒有言語，望著前方。

娜娜突然間撩起了我的衣服。我往後一退縮，說，妳這麼有興致啊。

娜娜說，我看看你是不是便衣。

我問，這個怎麼能看出來呢？

娜娜說，看皮帶就能看出來，我姐妹說，便衣一般換了衣服，但皮帶還是警用的。

我說，那妳看清楚我是不是便衣了吧？

娜娜說，你不是便衣，但萬一你是便衣，我也沒有什麼後台，你也沒必要跟著我了。我餓了。

我問，妳怎麼又餓了？

娜娜說，孕婦都是這樣，孕婦都容易餓，你不知道麼？

我說，我不知道。

在國道的一個分岔路邊，娜娜看中了一個蘭州拉麵館。拉麵館旗幟鮮明，生意火爆，老遠就能看見，屋子裡有四桌，但已經坐滿，附加的桌子都快要擺到道路的雙黃線上。娜娜要了一碗四兩的麵條，外加兩塊錢的牛肉，還特地把服務員召回來要了一瓶可樂。但沒吃幾口，就無辜的看著我，說，飽了。此時我的牛肉粉絲湯還沒到，我說，妳搞什麼，不是餓得很麼。

她從包裡掏出一本小冊子，裡面都是摺的三角的標記，她熟練的翻到一頁，說，孕婦要多餐少食。

我奪過她的書，書名叫《懷孕聖經》，但只有計劃生育宣傳手冊那麼點薄，我說，怎麼就這麼點，以前我在朋友家看見過，都有《辭海》那麼厚。

娜娜說，哦，是有那麼厚，這是簡約版，地攤上買的。

我還給了她，說，盜版的。

娜娜說，但是內容是眞的，我還特地到大書店裡去對過。它就省略了生命的起源，生命的形成，和生命的……

我打斷她，問道，那這冊子裡有什麼？

娜娜說，這冊子比較實用，它告訴了你孕婦要注意一些什麼，比如……

娜娜隨手翻開一頁，念道：懷孕期間其實也可以有性生活，但是要注意體位……不好意思……我隨便翻的，我其實不是這個意思，我還沒有看到這一頁，這是說第四個月，我才第三個月……

我說，哦，妳看得全麼這書？字都認識麼？

說完，我們便陷入長久的沉默。

我的牛肉粉絲湯非常恰當的上來了。我不顧燙，低頭猛吃。

娜娜低聲道，我其實還好，還……看得全，基本上都認識。

我假裝不在意道，哦，沒事，娜娜，我只是開個玩笑，不要放在心上。那個什麼，妳趕緊聯繫妳的第二個客戶，要不然妳生孩子的錢都不夠。

娜娜從包裡掏出她閃閃發光的山寨手機，翻著電話本，撥之前還看了我幾眼，我說，沒事，妳撥，不遠的話我帶妳去找他。

娜娜看著手機猶豫半天，又放進了包裡。

我說，妳怕什麼啊？

娜娜說，我不是怕。

我說，妳的錢都被罰光了，妳可得趕緊找一個靠山，快打。

娜娜說，不，不，我不能打。

我說，妳怎麼不能打了？

娜娜說，這個男的不行，我不能讓他變成孩子的爹，他會教壞孩子。

我說，妳想那麼遠幹什麼，先找個地方把自己寄存了再說，快打吧。

娜娜更加固執，握緊了手機，說，不行。

我推開牛肉粉絲湯，把座椅換了一個方向，身子正對著娜娜，認眞的對她說：娜娜，妳要這麼想，妳身邊沒有錢了，妳連住店都住不起，妳回到金三角，也是從局子裡出來的人，妳都有案底了，你們的經理也不會要妳。妳去打工，妳什麼都不會幹，而且……

我抄起《懷孕聖經》，翻到第三個月注意事項，第一句就是「孕婦在這個月份非常容易流產，而且容易感到疲勞和嗜睡」，我如實朗誦了出來，接著說，妳也不可能再去找什麼工作。最簡單的就是去找一個男人。我沒有辦法負責妳，因爲我要趕路。普通的男人也不會負責妳，因爲妳有身孕，妳就去找孩子他爸爸，就算人家不能負責妳，妳也要一筆錢，否則妳就告訴他，妳要鬧到他的單位，妳要告訴他的老婆，妳要把孩子的撫養費要了。就算那個男的是禽獸，不想給撫養費或者想撇清關係，妳就假裝退讓，告訴他，那妳打算把這個孩子流了，但是妳要一筆流產的錢，妳用這筆流產的錢去生孩子，妳就……

娜娜打斷了我，說道，不夠。

我說，雖然不夠，但好歹是一部分。娜娜，妳聽我說，妳看著我，妳聽著……

拉麵店老闆娘打斷了我，說，吃好了就結帳，還有客人等著桌子呢。

我掏出十五塊錢，放在桌子上，扶著娜娜走到「一九八八」邊上。旁邊有兩家鞋子大賣場，一家寫著「含淚甩貨，牛皮皮鞋二十九元一雙」，還有一家寫著「出口轉內銷，時尚拖鞋五元兩雙」，兩家一看就知道關係非常緊張，門口都豎著劣質家用音響，一家在播放張國榮的歌，一家在播放譚詠麟的歌。我們進了「一九八八」，車門一關，和沒關是一個隔音效果。娜娜說，倒車。

我問她，爲什麼？

娜娜說，我不喜歡譚詠麟，我不要在譚詠麟的鞋店門口。

我發動了車，往後倒了二十米，穩穩的進入了張國榮的鞋店範圍。

我拉起手煞車，側著身子，語重心長的對娜娜說，娜娜，妳聽我說，妳看著我，妳要記住，妳……

鞋店的老闆娘在外面敲著我的窗戶，大聲喊道，你車子不要停在這裡，把我的店門口都堵住了，我怎麼做生意。

我忍著情緒，問道，這條街哪裡能停車？

老闆娘往前一指，道：往前二十米。

娜娜說，走吧，別停了，我們上路吧。

我開著車拐出了這條繁華的岔路，上了坑坑窪窪的國道。對面就是一個巨大的假中石化加油站。過了這個繁華的地方，前方就是一片黑暗，我並不想把這個我並沒有感覺，而且已經懷孕的姑娘帶進黑暗的前路，但是我也無法將她拋棄在繁華的此地。我把她當作一個旅途上的朋友，一個可憐的母親，但我並不是哪位內射的父親，所以我必須要找一個合適地方把她放下來。我假裝不經意的換檔，告訴娜娜：

娜娜，妳聽我說，妳去找那個男的，現在就打電話，我也給妳一點錢，妳加起來，應該能把孩子生下來了，妳想辦法借一點，把孩子稍微養幾個月，然後回老家，到時候妳的父母肯定能接受，老人都很喜歡小孩的。

娜娜決絕道，我不回去，我不要你的錢。

我說，那妳怎麼教育這個小孩呢？妳教育小孩的錢從哪裡來呢？

娜娜說，還是出去賣啊。

我說，那妳對這個小孩子的未來有什麼打算呢？

娜娜說，不用出去賣啊。

我說，但如果是個男孩子呢？

娜娜說，我要送他出國。

我說，妳怎麼送他出國，妳有什麼能力送他出國啊？

娜娜說，我不是和你說過了麼，我可以賣到四十歲。

我說，娜娜，不是我說妳，以妳的姿色，出去賣沒有什麼大的前途，妳只能賣到兩三百，而且還不穩定，大的桑拿也不會要妳，妳站街也不安全，去美髮店賣不出價格，我建議妳去學學打字，可以給領導做個祕書什麼的，或者去機關做個打字員。

娜娜轉頭問我，你有關係麼？

我說，我沒有關係，妳可以去試試。

娜娜笑道，你是眞不知道假不知道，天下這麼多會打字的，沒有關係怎麼可能進機關單位。你放心吧，我積累一點資本，我就自己盤一個美容美髮店下來，外面洗腳，裡面特服，我去找幾個姐妹，我自己就收手了，從事一些管理工作。

我也笑了，複述道，從事一些管理工作，很好。

娜娜認眞的規劃著人生，我這麼一個店，如果有五六個技師，我一年抽成也能抽個十萬塊——娜娜攤開了雙手，活動了一下所有的手指，接著說——那樣，如果是個女孩，我就好好養，讓她變成公主。

我忍不住插了一句，淫窩裡的公主？

娜娜明顯很高興，道，那我當然不會讓她看見我做的生意。我就把她弄得漂漂亮亮的，去好的學校念書，從小學彈鋼琴，嫁的一定要好，我見的人多了，我可會看人了，我一定要幫她好好把關。如果是個男的，我就送他出國，遠了美國法國什麼的送不起，送去鄰國念書還是可以的，比如朝鮮什麼的。

我不禁異樣的看了她一眼。

女孩子在構想未來的時候總是特別歡暢，娜娜始終不肯停下，說道：到時候，他從朝鮮深造回來，學習到了很多國外先進的知識，到國內應該也能找個好工作，估計還能做個公務員，如果當個什麼官什麼的就太好了，不知道朝鮮的大學好不好，朝鮮留學回來當公務員的話對口不對口……

我情不自禁的插了一句，對口。

娜娜得到首肯，喜上眉梢，那就太好了。如果當不成公務員，就做點生意，我這裡應該還留了一點小錢，就是娶老婆麻煩，如果沒買起房子，就得娶個外地老婆，不過不要緊，因爲我們在這個地方，本來也是外地人，說不定娶了個外地的，正好是我們本地的。但我們本地也沒什麼好，窮鄉僻壤，如果能娶到一個城鎮戶口的老婆就好了，娶個大城市的老婆那眞是有出息，比如娶個上海老婆、北京老婆，那我就開心死了，萬一弄得好，娶個外國老婆，娶了朝鮮老婆，那眞是出人頭地了，這要是娶到一個美國老婆，哈哈哈哈……

我跟著她一起大笑，哈哈哈哈。

娜娜突然間安靜下來，低聲說，可是，我攢了多少時間啊我才攢了兩萬塊，你知道有些人很變態的，有的人喜歡看妳跳舞，一跳要跳一個小時，好多客人喝了酒，怎麼弄都弄不出來，有些客人一定要妳說下流的話，還有要親嘴的，還有說要全身漫遊的，吸得我嘴都疼了都不滿意，說我的吸力沒有東莞那裡的小姐大，說我不專業，只能給半價，有的客人幹到一半，說讓我轉身，我就轉身了，他就偷偷把避孕套給取了，我到最後才發現的，我很小心的，如果不用套的，我要檢查他半天，看了沒問題才行的，後來我就得了病，你別緊張，你聽我說完，我就是覺得那裡不舒服，我跑了好多地方去看，你不知道我把整個縣城的電線杆都看遍了，一家一家對比，最後去了一家，說是技術最好的，一檢查，我得了好幾種病，什麼尖銳濕疣、皰疹、梅毒、淋病都得了，嚇死我了，醫生說一定要好好治療，否則會轉變成宮頸癌，變成宮頸癌以後，就再也不能生孩子了，我當時緊張啊。醫生說，他們醫院裡新到了一個什麼射線的遠紅外治療儀，發出紅的光，要照一個療程，每個療程半個小時，一個療程照十次，一次五百八十元，我就去照了。我心裡當時那個難受啊，我又怕害了別人，我半個月都沒開張接客，就每天下午去掰開來照半個小時，照了一個療程以後，又抽了一次血，醫生說控制住了，但是因爲我得的病實在太多，只好了兩個，就是梅毒和尖銳濕疣，還剩下疱疹和淋病沒好，需要繼續治療一個療程，療程的內容是繼續照紅外射線，還要掛水，每次都要給我掛那個什麼氯化鈉還是什麼氰化鈉，每次都掛……

我又打斷了她，說，是氯化鈉，就是生理鹽水，是氰化鈉的話，你眞的每次都得掛……

娜娜越說越氣憤，道，是的，就是生理鹽水，我說，醫生，能不能照五次，我卡裡錢不多了，醫生說不能照五次，照五次容易復發。他問我卡裡有多少錢，我說夠是夠，但是我還要過日子，醫生指責我說，是過日子重要還是身體重要，還說我得這種病一定是性生活不檢點，讓我要把和我有過接觸的患者都一起帶來治療，我騙他說，我男朋友出國了。醫生說，妳男朋友肯定在國外不檢點，才傳染給了妳。但是妳自己要愛護自己的身體，一旦沒有治癒，以後妳就不能再生小孩了。我一聽會影響生小孩，馬上又刷了一個療程。兩個療程以後，醫生說我的病好了。可是我還是覺得有點不舒服，醫生說那是因爲紅外線殺菌效果太強烈，導致一些好的細菌也同時被殺了，所以陰道內的環境有點失衡，但是免疫系統很快就會自動幫我搞好，我說好的，謝謝醫生。醫生還給我開了達克寧，我說那不是治腳氣的麼？醫生說這個止癢殺菌，覺得癢也可以再抹抹，但是現在你的體內已經沒有病毒了。我很高興，那天走的時候已經很晚了，我是最後一個病人，我的醫生收好東西，口罩一摘，他媽的，就是那個我轉過身去的時候偷偷把避孕套摘了的禽獸，這個禽獸眞的禽獸，居然連自己發生過關係的女人都不認得，我長得有那麼容易忘記嗎，氣死我了，我當時就和他鬧，要他賠我的醫藥費，那個醫生說不可能的，還說他記起來了，還說他自己也得病了，是被我傳染的，我說這怎麼可能，我以前從來都是用套的，他說妳們這種小姐，有鈔票什麼都做得出來，又那麼不衛生，我說搞什麼，我很注意衛生的，他說他沒有問我要醫療費已經很好了，他也是用那個什麼紅外線給照好的，我當時那個氣啊，就給砸壞了一個，我一砸以後心想，完蛋了，如果那個醫生一口咬定是我傳染了他，我又沒有什麼勢力，而且我的職業還是犯法的，還沒來得及說理就被抓進去了，那就完蛋了。我砸了他們的紅外治療儀以後說，算了，我就不和你計較了。那個醫生抓住我，要我賠，說這個紅外治療儀要八十多萬，現在紅外線發射器被我弄壞了，我一看，眞給我弄壞了，地上是碎掉的罩子。我一聽要八十萬，我就坦然了，我想我反正也賠不起，他們還能把我怎麼著，要是八千塊，我反而緊張了。我都想好了，到時候我就告他強姦。我這一坦然，人也放鬆了，地上撿起了紅外治療儀的發射口，我這一看，頓時氣得差點沒有背過去，罩子碎了以後，裡面就是一個桃紅色的小燈泡，媽的我對這個燈泡是太熟悉不過了，以前我在橫店的洗頭店裡幹的時候，掛的都是這種燈泡，我還親手擰過好幾十個，這個燈泡化成炮灰我都認識。我是越想越氣越想越氣越想越氣，我花了一萬多塊錢，就照了一個月的檯燈。

我當時就笑出了聲。電台裡適時的響起了一個醫院的廣告，正大女子醫院，正大女子醫院，特色治療婦科疑難疾病，保證治癒，強大的醫療團隊，先進的醫療設備，完善的隱私保護，讓您一定擺脱疾病的痛苦。正大女子醫院新到新加坡進口紅外線殺菌治療儀，不用開刀，不用塗藥，不留疤痕，還你青春。完了還播放了一曲蘇芮的《奉獻》，長路奉獻給遠方，玫瑰奉獻給愛情，我拿什麼奉獻給你，我的愛人……

我問娜娜，娜娜，妳用來照了一個月的是不是就是這個新加坡進口的紅外線殺菌治療儀？

娜娜都快掙脫安全帶從椅子上站起來，對著收音機指證道，就是這個，就是這個，這個是騙人的，我要舉報。

說罷，娜娜迅即掏出手機，撥打了一一〇。說了半天以後，我問娜娜，一一〇怎麼說？

娜娜說，一一〇說了，他們已經登記了，但是這個歸工商部門管，這個屬於消費者權益糾紛的問題。但你不覺得這是詐騙麼？你不覺得這個是詐騙麼？

我撫摸了一下娜娜的頭髮，說，娜娜，這世界就是由詐騙犯組成的，妳太眞誠了。

娜娜反思了半天，說，我其實也不眞誠，我給他們買的避孕套是最差的牌子，一塊錢可以買五個，安全倒是安全，特別厚，還有各種顏色，客人都不喜歡黑的，說黑色顯小，哈哈哈哈。有一次我幫客人摘了以後發現還掉顏色，哈哈哈哈哈哈哈哈，那客人可討厭了，眞是報應，哈哈哈哈哈哈哈。

我看著娜娜，不忍的說，娜娜，如果這個避孕套還掉顏色的話，那豈不是也會掉顏色在妳……身體裡？

娜娜一下收住了笑容，微張著嘴巴驚訝道，哎呀，哎呀呀……

我問娜娜，娜娜，那這個事情後來怎麼解決了？

娜娜說，後來我就鬧，但是也沒有鬧出什麼效果來，院長都來了，我一看院長開的車，我就知道我沒戲，我說這個是假貨，他們死活不承認，說更換燈泡費用要四萬元，我說那個醫生強姦我，醫生說，妳有什麼證據？我就反問他，那你有什麼證據說這個儀器是我打破的，醫生說，我們當然有證據，我們的煙霧偵測器裡有攝像頭的。我當時就傻了。他們說，這事就這麼算了，兩不相欠，他們自認倒楣，否則就把我的治療視頻和破壞財產的視頻放到網上去。我當時還不服氣，這個不是敲詐勒索麼？這個不是非法拍攝麼？有沒有這個罪名？哦，侵犯隱私，這個不是侵犯隱私麼？後來院長說，妳看看我的車的牌照，妳去打聽打聽這個醫院的背景，我們醫院絕對是高端的正規醫院，不會出現妳說的那種情況，這個醫院地方政府是有參與入股的，股東裡有很多公檢法的人，妳得罪了我不要緊，得罪了別人，恐怕……當然，這是法治社會，大家都不是野蠻人，我們也犯不著用什麼去對付妳一個刁蠻的女子，但是妳想想，妳的小孩要不要在這個地方上學？以後要不要在這個地方找工作？他會不會遇見一些困難和阻力？這些都是妳一個女同志要考慮的地方。好嗎？今天就這樣，大家都算了，醫院由我們自己來承擔這個損失，就當妳女同志大手大腳不小心碰壞了，妳的病，經過我們醫院的專家會診，我瞭解到也已經治癒了，妳的名字叫……哦，病歷卡上應該有。反正這位女同志，大家都退一步，海闊天空，爲了我們醫院，爲了自己，爲了小孩，怎麼樣？……誒，我一聽院長這麼說，我就放棄了，算了，萬一我以後的小孩還要在這個地方混，還是給他留點後路吧，我就是心疼我這個一萬多塊錢，我得接五十多個客人，你說我這個條件，有五十多個人看中我，容易麼？

我問娜娜，那妳的病呢？

娜娜歎氣道，別提了，後來還是覺得不舒服，去大醫院檢查了一下，宮頸糜爛和尿路感染，吃了幾片可樂必妥就好了，我一看這個藥效果這麼好，所以到現在還堅持喝可樂，一直沒有復發過。

我沉默半晌，說，很好。

我側臉看著娜娜，娜娜一股腦說了太多話，正四處掃視，很明顯她在找水。她想起來自己剛買的那堆零食裡有水，便爬到後座，摸索半天，先遞給我一瓶。我道謝。娜娜又爬回了前座。我說，娜娜，妳小心一些，別爬來爬去的。

國道上的路燈一盞一盞過去，隔著幾盞不亮的，我望著娜娜的臉龐，這並不美麗也不醜陋的普通姑娘，平凡得就像這些司空見慣的路燈，它亮著你也不會多看一眼，它滅了你也不會少走一步，這個來敲我房間門的女孩子，我從未想過我會帶著她走出這麼遠。她就像一個來主動邀請我的舞伴，我出於禮節合舞一曲，當然，我在合舞的時候並不知道是三個人一起跳的，否則我一定會嚴辭拒絕，無論《懷孕聖經》是怎麼寫的，這樣的三P我一定不能接受。她的眼神不明亮也不暗淡，她的言語不文藝也不粗俗，她的神情不幽怨也無快樂。

這樣的旅行在我年少時曾經幻想過無數次，夜晚的國道裡，我帶著自己夢寐以求的女子，開著自己夢寐以求的車，去往未知旅程的終點。操，未知旅程怎麼會有終點。旅途上沒有疲勞和睏意，我們聊著電影和音樂，穿越群山和叢林，最終停在一泓無人的湖水旁邊，有一個沒有任何經濟頭腦的人開的酒店，乾淨便宜。

現實生活裡，這樣的公路片在每一個環節往往都等比下降了標準。當路燈的光暈散在前風擋上，我彷彿回到了我騎著自行車的日子裡。丁丁哥哥死後，我非常傷心。十號由於自己要一人飾兩角，把我排擠在聖鬥士四人組之外。往日丁丁哥哥一定會出面給我要一個名分，但如今他自己都沒有了名分。我被小夥伴們慢慢的隔絕，一直到有一天，十號突然跑過來說，我們聖鬥士委員會經過研究決定，你現在又是聖鬥士了。

說實話，我私底下鄙視和辱罵了他們一萬次，我告訴自己，這是傻逼的遊戲，這個世界上根本就沒有聖鬥士，根本沒有人一拳能打出一個火球來，《十萬個爲什麼》告訴我們，沒有人可以超過光速。但是《十萬個爲什麼》沒有能夠告訴我，爲什麼我會被一起玩的夥伴們所疏遠，我不能厚著臉皮去舔他們的菊花，我也不能反抗些什麼，看著他們互相發拳的時候，我只能默默的白他們一眼。如今十號告訴我，我又是聖鬥士了，我小心肝一陣狂顫，問他，我是什麼聖鬥士，我是一輝麼？

十號說，不是，我還是一輝。但你是黃金聖鬥士。

我熱血上湧，相信世界上眞的是有改過自新這麼一回事的，霸道的十號居然讓我做了等級比他們高的黃金聖鬥士。當時電視台裡剛剛放到那些青銅聖鬥士們向黃金聖鬥士挑戰，被打得找不到北，毫無疑問，黃金聖鬥士比青銅聖鬥士更厲害。我說話都有點結巴，我說，那我是什麼聖鬥士？

十號說，電視裡就放到第一關，你就是第一關的聖鬥士，白羊座阿穆！

我激動萬分。

十號說，你退出聖鬥士的時間裡，我們都已經研製出了聖衣了。

我雙眼放出光芒，說，我能看看麼？

十號帶著我去到我們的曬穀場上，翻窗進了存放農忙時候各種機械的小屋子裡，在打稻子的機器旁邊抽出來一只臉盤，裡面放了很多木頭竹片和橡皮筋，十號一塊一塊把這些拿出來，背對著我鼓搗著。

我問，這是你們的祕密小屋麼？

十號說，是的，現在政府和敵人都不知道，你要保密。

我堅定的點了點頭，問，我們的敵人是誰？

十號猶豫了一下，說，我們的敵人是黃金聖鬥士。

我說，嗯。

十號站起來轉身面對我，用塑料膜做的窗戶裡投來柔和的光，灑在十號身上。十號的膝蓋上，手臂上，胸上，肩膀上，都纏繞著木塊。我被十號深深的折服了，在那一刻，所有對十號的不滿都變成了欽慕。我情不自禁的摸了摸，感歎道：哇哦。

十號很得意，問我，怎麼樣？

我說，你有了它以後，你就刀槍不入了。

十號說，在沒有聖衣保護的地方還是有危險的。但是我們不怕被打，因爲我們有小宇宙，還有紗織小姐的保護。

我問十號，誰是紗織小姐？

十號說，不知道。

我問十號，你穿上去了以後，有沒有覺得厲害一些？

十號說，是的，我覺得我的小宇宙提升了很多。

我問他，那你的聖衣是從哪裡來的？

十號思索了一下，說，這個是我奶奶在田裡種地的時候，從我們自己家的自留地裡挖出來的。她當時想燒掉，但是被我發現了，我說，奶奶，不能燒掉。聽到這些話，忽然之間這些聖衣都聚集到了一起，閃閃發光，不信你去問我奶奶。

我說，哇哦。

十號說，那你都看到了，從今天起，你就是黃金聖鬥士阿穆。

我立正，說，是。

第二天我就和他們又玩到了一起，暫時忘卻了丁丁哥哥帶給我的痛楚。以前每當我看見家門口那條土路，我就會想起丁丁哥哥最後騎著摩托車的身影，丁丁哥哥揚起的塵土還未撒落到這片土地上的時候，他變成了骨灰回到我們身邊。小夥伴們都遠離了我，我只有三十多粒彈子自己和自己打。我在自己家的陽台上看著北方對空氣中的丁丁哥哥提問題，丁丁哥哥以前就是我的詞典，自從丁丁哥哥走後，我才只能從書中尋找問題的答案。當小夥伴們還在打彈子的時候，我已經知道了彈子是怎麼做成的。但那又有什麼用呢？我瞭解了彈子，依然沒有人和我一起玩，我瞭解了子彈，它還是能打在我們的身上，懂得這些又能怎麼樣，丁丁哥哥說，你懂得越多，你就越像這個世界的孤兒。

當我剛剛開始知道什麼是孤獨的時候，我又被他們接納了。我們準時的在這一天的劇情結束以後來到了竹林裡。十號說，好了，我們要開始了，阿穆，根據劇情，你要幫我們修聖衣。

我說，啊？

十號說，你看今天的那一集了麼？阿穆最後都幫他們修補了聖衣。首先你要幫我的聖衣塗上顏色，你不是學校裡美術組的麼？然後你要幫他們三個人每個人都根據我的聖衣的樣子做一套聖衣。

我說，啊？

十號說，我們一切要根據劇情來，你不光是一個黃金聖鬥士，你是所有的黃金聖鬥士，你是十二個。但是所有的人要記住，只有我這套聖衣才是眞正的聖衣，因爲是祖先留下來的，是從地裡挖出來的，你們的都是複製的。所以我的小宇宙總是要比你們的大一點。

我那一人飾十二角的日子在挨打中度過，當時我不知道劇作法，不明白爲什麼每一集都是黃金聖鬥士會失敗。因爲一直在挨打，我對扮演沒有聖衣的黃金聖鬥士失去了興趣。我開始聽小虎隊的歌，我開始站在我的窗前望著眼前的電線杆、遠處的電線杆、視線盡頭的電線杆發呆，我常常想起我爬在旗杆上看校辦廠的那次，還有我的淺藍色裙子的女同學，我來找妳了。

在每一次做廣播體操的時候，我總是盯著每個女孩子的下身看，我希望找到那條淺藍色的裙子，我不知道那究竟是什麼材質，雖然我還記得她的小皮鞋，小髮卡，但太多女孩子用一樣的東西，唯獨那條裙子我從來沒有看到別人穿過。我在學校的人群裡找了整整一個冬天。在寒假之前，我發現我自己不光始終沒有找到穿這條裙子的女孩子，我連一個穿裙子的女孩子都沒找到。媽的，我是在穿裙子的季節掉下去的，但我卻在穿棉衣的季節找尋她。我很多次的咒罵我自己，像找一個辭彙來形容我自己的愚蠢，在後來的語文課上，我終於知道了我這種行爲叫刻舟求劍。

不過倒是讓我發現了好幾個漂亮的女孩子，她們是李小慧、劉茵茵、陸美涵和倪菲菲。我覺得我那天看見的女孩子一定是她們四個人之中的一個。但是我完全記不得她的臉了。莫非我喜歡的就是她的造型？

李小慧從小學跳舞，她的媽媽是老師，爸爸是公務員，她是我們學校穿衣服最好看的女孩子，每次她穿出來的衣服都會成爲全校女孩子模仿的對象。她是第一個在市裡代表我們學校表演的女孩子，我入選了那一次的學生觀摩團，我完全忘記了她跳的是什麼舞，只記得她表演的內容是劈叉，她劈遍了台上的每一個角落，喚起了我最早的青春裡對異性的萌動。我記得我之前的性幻想對象是花仙子，那是動畫片裡的角色，好處就是她永遠不會老，缺點就是就算我以後變成了百萬富翁，我也上不到我的性幻想對象，我只能重金聘請一個漫畫家把我的樣子畫成漫畫去幹花仙子。小慧是我的第一個眞人性幻想對象，尤其是她在演出的最後迎風劈叉的英姿，更堅定了我的想法。

劉茵茵唱歌唱得特別好，很多的小男孩喜歡她，圓圓的臉蛋特別雙的眼皮，就是有點孤傲。我覺得她不是很喜歡和人說話，她偶然和我說過幾句話我都記得很深，她說，同學，擦窗，她還說，同學，擦黑板。對了，她是勞動委員。她其實應該是藝術委員，也應該是音樂課代表，可是她什麼都不是，因爲她不喜歡和人打交道，和老師的關係也不好。按理來說，她這樣的家庭應該和學校的關係很好，她的父親是在各個老電影裡演重要歷史人物的，她的母親是音樂教授，如此好的家庭背景，她來我們這個學校念書我都覺得很吃驚。在文化大革命的時候，她的父親被打倒了一次又一次，來到了我們這個南方小鎮，在這裡結識了她的母親，當時她的母親是一個鋼琴老師。她的父親剛來到了這個小鎮，迅速又被打倒。忘了介紹，他是演蔣介石的。後來他們就定居在了這裡。劉茵茵因爲和別的女生打架被校長訓斥，當時劉茵茵的爸爸來到了學校，未聽解釋，就把校長罵了一頓，說，你有沒有搞錯，我的女兒是絕對不會先打人的，一定是錯在對方。校長問他，爲什麼？她父親說，因爲她是我的女兒，有我的血脈。校長說，你眞當你是校長啊，我才是校長。你是蔣介石演多了還沒有出戲吧，這裡是中華人民共和國，不是黃埔軍校，你的軍隊已經失敗了，你的女兒在這個國家的學校念書，就要遵守相關法規。

劉茵茵的父親一度將女兒帶到自己家裡自己教育，她現在彈得一手好鋼琴。後來教育局的領導以未能完成九年制義務教育爲名，把劉茵茵又勸回了學校，可是她已經離開了學校半年多，所以她留了一級，被安插在我們的班級裡。

陸美涵沒有什麼特長，特長就是和男孩子的關係都特別好，也認識很多高年級和校外的男生，她似乎懂得特別多。她的父親是跑運輸的，母親是化工廠的工人，因爲她住在這個鎮的鎮郊，所以她的父親早先特別喜歡開著空閒的卡車去學校接她，但他的卡車實在太大了，他只要一來接送，學校附近的交通必然癱瘓。她父親的解放牌大卡車一停，這條路上就不能再錯車了，連三輪車經過都非常困難。陸美涵似乎很不喜歡她的父親來接送她。她以前是假裝不認識她的父親，後來被她爹強行抓到了車裡。再後來，只要她爹來接她，她就特別積極幫助同學做班級衛生，一定要拖到最後一個才走。因爲她爹的解放牌柴油發動機聲音特別大，所以每次到了快放學的時候，我們總會私下交流說，陸美涵的爹來了。

輪到我做衛生的時候，我特別盼望她父親來接她，一方面可以和小美女多待一會兒，一方面自己也能少幹一點活兒。但是這就苦了這條街上的居民。因爲陸美涵喜歡和外校生混在一起，所以她的父親越發不放心，發展到了每天必接的地步，直接導致派出所的同志測量了他卡車的寬窄，爲此特地在街上樹了兩個水泥樁，防止陸美涵她爹的解放牌開進來。陸美涵她爹也很執著，水泥樁做到哪裡，他就把車停到哪裡。她爹直接導致了我們學校門口那條路的擴建，幾百戶人家爲此搬遷。縱然在擴建的過程中，她爹的卡車依然混在那些建築車輛中日夜接送。

由於全校皆知了，所以陸美涵也只能接受了這個事實，每當放學，便乖乖坐進了卡車，這也造福了一路和她同方向的男同學們，大家都扒她爹的卡車，坐在後面的車斗裡。她爹每次到了公共汽車站以後，還會像公共汽車一樣停站，然後那些男同學們都從車斗裡跳下，看得公共汽車司機們驚詫不已。後來他還得到了鄉政府頒發的「學雷鋒好居民」獎章。

在那次頒獎活動中，李小慧負責跳舞。

倪菲菲是一個恬靜的女孩子，她的父親下海經商，生意做得很大，家庭條件應該是這四個女孩子裡最好的，但是倪菲菲還有一個同父異母的弟弟，她的爸爸雖然沒有和她的媽媽離婚，但是她的爸爸和他的祕書好上了，問題是那個祕書還不是她那個弟弟的媽媽，現在他們一家五口住在一個鎮邊的別墅裡。倪菲菲也不喜歡說話，但她喜歡寫文章。她參加過小青蛙演講比賽，這個演講比賽由小青蛙文具公司贊助，在這個城市的每一個區縣舉辦，倪菲菲那一次講了一個青蛙王子的故事，因爲非常契合贊助商的形象，她意外獲得了第一名，這是我們學校的學生第一次獲得小青蛙演講比賽的第一名，所以她在學校裡名聲大噪。倪菲菲還經常投稿，她的稿子經常被《綠領巾報》刊登。有一天，她甚至在班會課的演講裡說，我們已經不是一個小孩子了，我們是高年級的學生，我們的思想已經變得成熟，我們的感情已經變得豐富，我會更好的寫作，更多的反映小學生的心聲。老師也告訴我，你可以嘗試向更高端的報紙投稿，《綠領巾報》已經不是我的目標，我會做出成績給大家看的。

倪菲菲沒有說大話，很快，她一篇描寫她是怎麼樣眼睜睜的看著冰箱裡拿出來的冰塊放在陽光下被烤融化的作品，被刊登在了《紅領巾報》上。

倪菲菲是這個學校的才女和美女，大部分男孩子看見她都很自卑，尤其是這些女孩子們都率先發育了，每一個都比我們高。我甚至覺得，只有成熟瀟灑騎著山地車的初中生才能享有她們。

但我一定要等到夏天，我一定要知道這幾個女孩子究竟誰是我愛上的那個身影。我聽著小虎隊一九八九年的磁帶入眠，那盤《男孩不哭》被我A面B面反覆聆聽。和那些喜歡快歌的同學們不同，我顯得更加深沉，我喜歡那盤磁帶裡的慢歌。我覺得他們是沒有愛上一個人，所以他們才喜歡快歌，而愛上了一個人，他就會喜歡上慢歌，因爲你要弄明白，他們到底在唱些什麼，是否貼合我的心境。

當時我最喜歡的歌叫《我的煩惱》，因爲我下意識裡已經覺得這段感情很悲觀，因爲我當時還沒有一米四〇，而她們每一個都已經超過了一米五〇。

這些都是我的煩惱。當時我認識的人之中有人面臨下崗，有人決定下海，在一片煩惱之中，唯一的喜訊就是我的另外一個哥哥，他被提前釋放出來了，可惜我對這個哥哥沒有什麼感情，在我比那時尚小的時候，他就進去了。當時正値一九八三年的嚴打之後，犯罪分子和非犯罪分子都噤若寒蟬，但是過去幾年，我所在的城市發生了幾起兇殺案，我們都瘋傳市長的女兒被社會青年強姦了，所以這個城市掀起了局部嚴打，一切刑事犯罪從快從嚴打擊，盡量保持和大環境同步。他是我鄰居的鄰居的兒子，他叫蕭華哥哥。也是我們討論最多的對象。鄰居的鄰居是個屠夫，以殺豬爲生。一九八七年一個半夜，蕭華哥哥在街上溜達，結果被派出所民警盤問，並搜出了一把螺絲刀。

當時大家都認爲他已經偷竊自行車或者有偷竊的動機，而事實上，整個鎮子的確丟失了一些自行車，甚至有一輛非常罕見的嘉陵摩托車被偷了。於是，蕭華哥哥被判刑十年。沒有人知道和證實過他是否偷竊過自行車和摩托車，但由於他也沒有辦法論證自己爲什麼半夜帶著一把螺絲刀，所以依然被判刑，但是他的家人非常感謝民警寬大處理，因爲當時本想將那台嘉陵摩托車算在他的頭上，如果算進去，那盜竊金額就特別巨大，參照一九八三年的全國嚴打，可以槍斃。

沒有人知道他究竟有沒有偷竊過自行車，但群眾使用了倒推法，在蕭華哥哥被抓進去的那年裡，的確沒有自行車再失竊，證明自行車和那台稀有的摩托車的確是蕭華哥哥所偷。丁丁哥哥告訴我，如果蕭華哥哥回來了，我們一定要對他好，因爲沒有證據證明他偷竊了，就算偷竊了，他也已經改邪歸正。蕭華哥哥是個好人，熱心仗義，也許他偷自行車是爲在學雷鋒的過程中更有效率呢？

我被丁丁哥哥的歪理邪說給折服了。我盡量克服著自己的感情，迎接蕭華哥哥的到來。

但我更要迎接的是夏天的到來。

我要迎接漫天的星斗。

我要迎接滿河的龍蝦。

我要迎接能刺痛我皮膚的帶刺的野草。

我要迎接能刺痛我眼睛的我從不敢正視的太陽。

我要迎接丁丁哥哥周年，據說在那個時候，他的靈魂會回來，我願他保佑我釣到這個夏天最大的龍蝦，在我的小夥伴中揚眉吐氣。我願他在我身邊多逗留一分鐘，告訴我到底發生了什麼，這樣我就可以停止我的追問。

最重要的是，我要等待所有的女孩子都穿上裙子，我就能找到，究竟是誰，在我從旗杆上掉下來的那一刻，被我愛上了。

五年級的我堅信那是愛情，因爲那讓我夜不能寐。我開始喜歡收聽電台裡的感情節目。當時的電台裡能收到各種各樣的節目，在一些非常奇怪的頻率裡，我能斷斷續續的聽到很多其他國家之聲的節目，但是奇怪的是，它們都是中文的。節目裡說著一些和我們的政治課本上不一樣的話。我覺得非常好玩，還特地拿去給我爺爺聽，我爺爺一聽，連忙關掉，並機警的四下掃視。他正要張口對我說些什麼，又覺得不放心，打開了門探出頭看看，又打開五斗櫥看看，趴在地上往床底看看，然後嚴厲的對我說：你這是在收聽敵台啊。

我說，什麼是敵台？

爺爺說，就是敵人的電台。

我說，敵人不是都被槍斃了麼？

爺爺說，敵人是槍斃不完的。我明天馬上把這個情況彙報給組織裡，如果有人問起來，你就說你是不小心調到了這個電台，並且主動舉報給了家長，明白麼？

我說，明白了。

我第一次為政治付出了慘重的代價，我的小收音機被爺爺上繳了國家。爺爺回來還說，可惡的敵人，他們換了頻率，組織上檢查的時候已經什麼都搜不到了。小孩子千萬不要聽這些，我們現在是無產階級專政，那些都是資本主義垃圾。

我問爺爺，我的收音機呢？

爺爺說，上繳了，被封存了。

我說，那我的磁帶呢？

爺爺說，什麼磁帶？

我說，是《男孩不哭》。

爺爺說，在收音機裡當然也被封存了。

我當時就哭了。

我爺爺見我哭得傷心，說，這樣，我明天去申請一下，把磁帶拿回來，那個收音機我估計還要放一段時間，那個磁帶叫什麼來著？

我哭著說：《男孩不哭》。

爺爺問我，誰唱的？

我說，小虎隊，小虎隊。

爺爺問我，小虎隊，哪裡的部隊？

我說，不是部隊，是個組合，由霹靂虎、乖乖虎和小帥虎組成的。

爺爺說，哦，是個樂隊。

我鼻涕都快掉到地上，說，是個樂隊，是個樂隊。

爺爺說，嗯，我明天去拿回來，是哪裡的樂隊？

我哭得更大聲了，顫抖的說，是台灣的。

爺爺表情一下子凝重了，說，雖然改革開放了，但是台灣的東西還是要小心的。

我說，爺爺，你幫不幫我拿回來？

爺爺說，等組織決定。

在這個春天裡，我沒有磁帶和調頻陪伴我，我坐在窗邊的寫字檯上，將這盤磁帶每一首的歌詞都默寫了下來。我特地把《我的煩惱》默寫在了單獨的一張紙上。

> 當你的眼睛籠罩著憂鬱，我知道再也不能騙自己，秋天的落葉終究會凋零，我們的故事要走到哪裡。輕輕走出你的夢，不敢唱起那首歌，當愛情收回

最後的眼淚，奔跑的孩子一樣會心碎。我不是你想像的那種人，今天說愛你明天就後悔。狂熱的夜無處追，這樣的愛只一回。如果你能愛上這樣的我，我願意爲愛苦痛，如果你能愛上這樣的我，我願意爲愛煩憂。

我最喜歡的一句話就是「狂熱的夜無處追，這樣的愛只一回」。當時我認爲，我這一輩子就愛這樣一個人了，所以趕緊要讓我知道，這個女孩子到底是李小慧、劉茵茵、陸美涵、倪菲菲之中的哪一個，我覺得哪一個我都能接受，而如果一米五的她們能愛上這樣一米四的我，我願意爲愛苦痛。

我兒時的家就住在國道的旁邊，我當時蕩著自行車，在危險的卡車和時常不亮的路燈下幻想，在未來的旅途裡，香車美女，奔向遠方。不想是破車孕婦，孩子也不是我的，連他媽都不知道孩子是誰的。娜娜在活躍了一陣子以後靠著側窗睡去，手裡還握著一個果凍。但是我帶著這個累贅是不能準時到達目的地接到我的朋友的。他只有我這麼一個朋友，我想，當他出來的時候，若沒有我，該會多麼孤獨。此刻繁星遠去，沉雲撲來。夜晚深到了它的極點。這一天漫長扎實，我和娜娜遠去百多公里，我輕輕的推醒了她。我說，娜娜，我們找一個地方住下來。

娜娜睡眼朦朧，對著我聚焦了一會兒，問我，這是在哪裡？

我說，國道上。

娜娜問我，我們要去哪裡？你要去哪裡？

我說，我們先住下來吧。

娜娜點頭，說，嗯，你繼續開，到了叫我。

我們正在接近一個城市，我本以爲遠處的燈火是大型的化工企業，但路邊不斷增加的補胎店告訴我，城市到了。路面也從兩車道擴充到了四車道，兩邊的牆上寫滿了標語。這裡正在評選全國文明衛生城市。這個城市相對這條國道並不呈夾道歡迎狀，它在國道的右側，在未來的幾公里中，每一條往右支路都通向城市的中心，左邊依然是一些新興的工廠。路過了幾個路口以後，在一大片空地上，我看見了一座皇宮，我情不自禁的哇哦了一聲，開近一看，是法院，射燈都將國徽照得熠熠生輝。在法院的旁邊還有一個龐大的陰影，我遠看沒有發現那裡還有一個建築，開近才發現那是比法院的皇宮大十倍以上的玩意，只有門衛的小燈亮著。這座建築都將擋住了月光，把法院的一角淹沒在陰影裡。自然，那是人民政府。我沿著國道開了許久，這是第一次看見夜晚不亮燈的政府，讓我對這個城市突生好感。圍繞著政府大樓一圈的射燈就像火炮一樣瞄準著它，我很想知道當華燈都亮起，這該有多壯觀。往旁邊開了一個路口，我看到一個很豪華的賓館，叫明珠大酒店。我將車停到了酒店的門口，準備叫醒娜娜，服務生馬上示意我這裡不能停車。我說，我知道，我去前台問問。

服務生說，那你也把車停好。

我問他，我的車停哪裡？

服務生告訴我，地下車庫。

我問他，我停在地面上不行麼？

服務生說，停在地下安全。

我駛遠一些，到了地面上的空停車位，叫醒娜娜，說，到了。

娜娜睡得投入，醒來以後有些難受，拉開車門將身子探出車外就吐了起來。

我象徵性的拍了拍她的背，環顧著四周。

娜娜吐完以後，轉身淚眼汪汪看著我，說，對不起，對不起，沒弄到你車上。

我說，不要緊。

娜娜突然透過我的車窗看見了明珠大酒店，大叫一聲，哇。

我說，怎麼了？

娜娜說，我們住這麼好。

我說，住得好點。妳身體不大舒服，住得好點，好好休整休整，我們再繼續上路。

娜娜莞爾一笑，露出職業語氣，道：沒想到你是大老闆啊。

我說，哪裡哪裡，打完折應該也不貴，不過押金應該要交不少，這樣，我給妳三千塊，妳去裡面開一個房間，大床雙床都可以，到時候如果多的話，妳就把錢給我，少的話妳就出來告訴我，我再給妳一些。

娜娜說，不用那麼多吧，應該。

我說，妳拿著，以防萬一。

娜娜在車裡想了十多秒，說，嗯，那我去開，你在這裡等著。

我說，我在這裡等著，我正好把車裡收拾一下。

娜娜突然深情凝望著我，我想，也許是她爲我所感動，我讓她住那麼好的酒店。車裡的卡帶播放著辛曉琪的《承認》，娜娜特地等到最後一個音符結束，然後突然勾著我的脖子，吻了我一下。吻我以後突然意識到自己剛吐過，連忙說，老闆，不好意思。

我說，我不是老闆。

娜娜說，謝謝你。

我揮手說，妳快去吧，天黑了。

娜娜說，早就黑了。

我說，別賴在車裡了，快去吧。

娜娜突然幫我理了理頭髮，淚水直接墜落。我說，妳怎麼了？

娜娜說，你知道麼，以前我在髮廊做的時候，那時候店面很小，而且查得也嚴，所以都要出去才能做。那些客人，像你這樣有車的，一般都是開到郊外，或者就是開一個小旅店，有的完事了，甚至都不願意把我送回去，我爲了省錢，有的時候覺得沒開出多遠，我就走路想回到店裡，但是一走路才知道，汽車開一分鐘，我要走半個小時，而且我還穿著高跟鞋，可是我想既然我走了，我就不打車了，因爲反正都在起步費裡，要不然之前的路就白走了，於是我就一直走一直走，好不容易看到店的門臉了，突然又有一個開車的客人，和我談好了價錢，把我拉到很遠的地方，完事了就把我扔在國道上，說他有事情，要走，不順路。那次我是眞的想打車，可是我叫不到車了，我就一路又是走啊走，我的腳都起泡了，走了半個多小時，有車打了，可是我一想，我一打車，剛才的路豈不是又白走，我眞的不是心疼八塊錢的起步費，眞的，我當時出去接一次客，老闆娘給我提成有八十塊，但是我眞的捨不得我剛才走過的路。我好不容易又走到店門口了，又停下來一個麵包車，問我做不做，我說，太累了，不做了。麵包車裡的人說，妳客人那麼多啊，都做不動了啊。我說，我做得動，可我走不動了，除非你別開遠。他答應了，然後我們就談好了價錢。

說到這裡，娜娜頓了頓，我說，嗯，然後呢？

娜娜歎了口氣，說道，我以爲呢，我以爲那天我生意好，一潑接著一潑。

我改正道，一撥接著一撥。

娜娜說，哦，一波接著一波，反正就是一波未平一波又起。老闆，你看我這個成語用得對不？然後麵包車上的男的說，沒問題，讓我上車。他那個麵包車貼了大黑膜，我想，反正後面有大黑膜，我就讓他往旁邊一靠就行了。麵包車後面門一開，我穿著高跟鞋，光顧著看底下踏板了，我腳剛踏上去，哪知道麵包車裡還有其他人，他們一拉我的手，我就給拽上麵包車了，然後門一關，車就啓動了。我想，完蛋了，要麼是搶劫犯，要麼是強姦犯，我當時就嚇傻了。

我問娜娜，接著呢，是不是遇見歹徒了？

娜娜說，更慘，遇上掃黃的了。

我倒吸一口冷氣。

娜娜說，我很鎮定的，我告訴他們，我不是小姐，我是出來玩的。但是他們掏出了錄音筆，我剛才開價的那些話都給錄進去了。媽的這幫人都有錄音癖，太陰了。我直接告訴他們，我沒有錢，我剛入行。那個時候我真的剛入行，很勤勤懇懇的，好不容易攢了一點錢，捨不得罰款。後來他們就說，要不就沒收今天身上所有的營業款，還要我伺候他們車裡的三個人。

我關切的問道，後來呢？

娜娜說，後來我就和他們討價還價。

我問她，結果呢？

娜娜說，他們沒收了我三百多的營業款，但是留了我十塊錢打車回去。

我說，不是說這個，是他們提出的別的要求。

娜娜說，那我只能服從咯，但是我提出的是一個一個來，而且其他人要在車外面等。反正我就是幹這一行的，多一個不多，少一個不少，至少不用罰款。

我沉默不語。

娜娜說，後來我就想，我應該和他們一樣，也要有錄音癖，應該要買一個錄音筆，放在包裡，碰上這種情況就錄下來，然後向相關部門舉報他們，至少他們的工作就都丟了，這叫維權意識。那天我好心疼啊，當然，身子也有點疼，但最主要是腳疼。早知道我就不走那些路了，都白走了。但是我工作了半個月以後，我就眞的買了一支錄音筆。

我詫異的看著她，說，妳眞是敢想敢做，後來妳成功了沒有？

娜娜一臉沮喪道，後來失敗了，上次來訛我的那些人只是城管，後來遇見的都是警察，沒得商量的。而且他們還搜出了我的錄音筆。在政策寬的時候，別的小姐交代問題以後只關了一天就出來了，但是我那次關了三天。

我問她，爲什麼？

娜娜說，因爲他們說我可能不光光是做小姐，還有可能把嫖客的對話錄下來，然後去敲詐嫖客。我當時很生氣，說，你們怎麼能把我想像成那麼骯髒的一個人啊，我一向是賓至如歸的，我怎麼可能去敲詐他們呢？你們怎麼可以這麼污蔑我呢？然後我向他們反映了我上次被城管的掃黃隊敲詐強姦的過程。

我問她，後來呢？

娜娜說，他們記錄了一下，但是我說了至少一千個字，他們只記錄了幾十個字，我估計他們不會去調查的，他們說，沒有證據，但是看我也不像說謊，但我還要多留兩天，要調查兩天，確定我沒有涉嫌敲詐的行爲以後才可以。倒楣死了。喏，就是這支錄音筆。

娜娜在包裡翻了半天，將錄音筆翻了出來。在我面前晃動幾下，說，就是它，不過我現在也用不到它了，我最希望有一個照相機，可以把孩子長大的過程拍下來。不過現在能生下來養活就不錯了。這個錄音筆，後來我就用來唱歌。我錄了我自己唱的好多歌。但是唱得不好聽。和明星唱的不好比。但是比我那幾個姐妹唱的強多了。這個就送給你了，你保存好啦，給你放在扶手箱裡，我走了，我去開房間了。

我說，去吧。

娜娜打開車門，又轉身回來，凝望著我。

我又擺擺手，說，快去。

娜娜猛一轉身，快步向酒店門口走去。

我說，等等。

娜娜緊張的一回頭，問，怎麼啦？

我說，剛才妳哭什麼？妳說著說著就沒有再解釋。

娜娜說，嗯，不知道，沒什麼，覺得你好，當客人要和我做的時候，都開得那麼破的房間，你都不要和我做，卻帶我去那麼好的地方。還帶我吃東西，讓我坐在車上那麼久，還聽我說那麼久的話，快有好多年了，沒有一個男的聽我說話超過五句，不過我知道的，我知道我是個什麼，你放心好了，謝謝你，對不起你。

我說，別多想了，主要我自己也想睡得好些，快去吧。

我一直目送她的身影，娜娜回頭了幾次，但我想她應該看不到我在看她。我忍不住有些傷感，娜娜走上了台階，又回眸向我的方向看了一眼，佇立了幾秒，慢慢向酒店大堂走去，一直到我完全不能尋找到她的蹤跡。我踩下了「一九八八」的離合器，掛上了一檔，對著她走的方向輕聲說道，再見。

娜娜轉過頭去的那個時刻，我說不清是解脫還是不捨，我想，對於不相愛的一男一女，在一個旅途裡，始終是沒有意義的，她的生活艱辛，我願意伸手，但我不願意插手。我有著我的目的地，她有著她的目的地，我們在一起，誰都到達不了誰的目的地。此刻的她應該正在櫃台上問服務員還有無房間，不知道她會爲我們要一張大床間還是標準間，只可惜我已經上路了。

這是漫長的一天，我已經累了。我往前開出了幾百盞路燈的距離，也許是兩三公里，看見一個路口，我本想在「一九八八」裡蜷一晚上，這也算是挽回了一些經濟的損失，但我展開了地圖，離開我的目的地還有很多的公里。我是不是要上高速公路，不在這國道上走走停停，但我擔心的是「一九八八」不能堅持那麼長距離的高速駕駛，畢竟這台車的手續有問題，如果在高速公路上拋錨了，連個周旋的地方都沒有。混亂的地面道路是最好的地方。「一九八八」就像我周圍的人，國道就像這個雜亂的世界，在越無序的地方，我越能尋覓到安全感。這安全感的代價就是你要時刻集中精神，否則你就會被龐大的交通工具碾過。我已經身心疲乏，無論是什麼樣的地方，我都想躺在床上。

我在那個路口右轉，看見了凱旋旅店。我已經對這個世界上亮燈的東西眼花撩亂了，我都不知道我是怎麼一路打著哈欠一路開到了這個旅店，我甚至分不清楚旋字和旅字的區別。不過這很正常，在我念書的時候，我就經常寫不利索幼字和幻字。我相信任何凱旋歸來的人都不會住在這裡，我選擇這個地方是因爲我實在沒有體力了，而且它看上去很便宜，一百元以內就能搞定一晚上。我付了押金，在前台領了一把鑰匙，住進了八三〇一房間。我恨透了這樣的標記。三〇一就是三〇一。我第一次去大城市找我女朋友的時候，她在酒店等我，我就像沙漠裡的一棵仙人掌一樣突兀，我被四周的高樓晃暈了，到了酒店，我女朋友說，我在八二〇二，我當時就說，哇哦，八十二樓。我女朋友說，傻逼，世界上哪有八十二樓的酒店啊。

後來我和另外一個女孩子住到了在八十六樓的酒店，就像住在雲端裡。我覺得我那些逝去的朋友們應該是在這個高度翱翔著，不會再高，因爲他們都有一些近視。

我躺在了八三〇一的床上，舒展了身體，這廉價的床墊是如此的熟悉，在我生命時光裡，在這樣軟硬的床墊上，那些女孩子們，要麼睡在我的懷裡，要麼轉過身去。我記得我還這樣的開導一個想自殺的女孩子，她是個美貌的女孩子，但是她不想活的原因是她覺得大家都只注意她的相貌，而她想讓別人知道，她不是只有相貌。所以她很抑鬱。今天的我明白，她一定死不了，給她所有的自殺工具都沒用，她只是在以另外一種更加矯情的方式自戀，而抑鬱和自殺都是她增添美感的一種手段。她說，她感覺生活就像無底洞一樣把她往下拽，她不想活了。

我睡眼朦朧的說道，親愛的，生活它不是深淵，它是妳走過的平原和妳想登上的高山，它就像我們睡過的每一張床，妳從來不會陷下去，也許它不屬於我們，但它一定屬於妳，妳覺得它往下，是因爲引力，它絕不會把妳拖下深淵，它只想讓妳伏在地上，聽聽它的聲音，當妳休息好了，聽夠了，妳隨時可以站起來。妳懂麼？

她說，我懂了。

我當時很自豪，因爲我自己都沒懂我在說什麼。回頭想來，只是我們都不知道周遭的艱辛，才會文藝的感歎。生活它就是深淵。我回憶過去，不代表我對過去的迷戀，也不代表我對現在的失望，它是代表我越來越自閉，天哪，那天躺在床上，其實應該是那個要自殺的女孩子開導我才對，我們總是被那些表面的抑鬱所矇騙，就像我看見的一些活雷鋒們，開導的都是別人，自殺的都是自己。好在我不會自殺，因爲我堅信，世界就像一堵牆，我們就像一隻貓，我必須要在這個牆上留下我的抓痕，在此之前，我才不會把爪子對向自己。

我躺在八三〇一的房間裡，搖搖欲睡，但我總覺得這個房間缺了什麼，我不是說女人，但是作爲一個旅店的房間，它一定缺了什麼。我渾身不自在，起身尋探，還是不知所然，我又躺下到床上，突然發現，在我面前的電視櫃上赫然放著一只收音機。我完全能理解這種招待所和廉價旅館的結合體沒有電視機，但我完全不能理解爲何要把收音機放在那麼遠的一個位置，我把收音機放到了床邊，插上插座，搜尋著電台，好在再也沒有搜尋到任何的敵台，搜到的都是友台。我兒時的那台收音機在兩周以後就還給了我，唯一不同的是在敵台的那幾個頻率上都被嵌進了鐵釘，我再也不能停留在那個頻率上，這樣就徹底杜絕了我的耳朵落入敵人的手中。

在我的小學時光裡，只有兩件事情讓我眞正發自心底的流淚，第一件事情是丁丁哥哥的離世，第二件事情就是我戴上紅領巾。當然，長大後我才知道，爲了這兩件事情流下同樣的眼淚是多麼奇怪的一件事情。戴上紅領巾的那天，高年級的大姐姐對我說，同學，你現在就是少年先鋒隊員了，你知道嗎，紅領巾是烈士的鮮血染紅的。我把這個比喻句當成了陳述句，在我的想像中，紅領巾工廠裡有一排烈士，每天放血，就爲了給我們戴的紅領巾上色。長大後我才知道，這個世界上由鮮血染紅的只有衛生巾。

而在聽小虎隊的那個年代裡，我已經對紅領巾不那麼崇敬了，我們發現了紅領巾的很多作用，在模仿大盜的時候，紅領巾可以用來蒙面，在捉迷藏的時候，可以用來蒙眼睛，反正紅領巾本來就是用來蒙人的，算是物盡其用。我對聖鬥士不再迷戀，雖然我還是每集追看，但是我不再是一輝，我再也沒有代入感。我和我的鄰居們疏遠了，和我班級裡的朋友們成立了小虎隊，那兩個男孩子是沈一定和小馬，不幸的是，我被安排做乖乖虎。我的理想是霹靂虎，因爲我當時迷上了霹靂旋風腿，我覺得霹靂是非常酷的一個詞，而乖，則是一個貶義詞。小馬不同意，小馬說，你就是乖，你看，你做過壞人麼，你發過脾氣麼，你做過壞事麼，你就是乖乖虎。

我記得那個時候不像現在那般四季模糊，恍惚之間，就從嚴寒到了酷暑，之中似乎沒有過渡，一直在脫了羽絨服穿短袖，脫了短袖穿羽絨服。我從來沒有劇烈的變化過地理位置，爲何在童年裡，四季是那樣的分明，每一朵花開，每一片浮雲，每一陣微風，每一個女孩都在告訴你，我們到了什麼樣的一個季節。我所覬覦的陸美涵、倪菲菲、李小慧和劉茵茵也組成了一個組合。我至今記不得她們四個的化名，我覺得她們有毛病，不似我們，三頭老虎，簡單明瞭，她們明明有著自己的名字，還非要叫一個別人的名字。我看了她們看的電視劇，但是完全看不完一集，這太不刺激了，不是在唱歌就是在對話，我想，看名字，這就是一個應景的電視劇，這樣的電視劇也就在這個季節裡看看，讓這幾個無知的女孩子模仿模仿，代入代入，除此以外，沒有任何人能接受看這樣無聊的電視劇，這樣的電視劇過了季就沒人要看了，我眞不知道它拍出來做什麼。這個電視劇叫《我和春天有個約會》。

所以到後來，當我看見女孩子們喜歡師哥甚至社會人士的時候，我總是能夠理解。她們的確成熟得更早，因爲我是到了高中才知道《我和春天有個約會》的好，她們小學就明白了，而且還實踐了。我小學的時候在幹什麼？我在青蘋果樂園。

好在小學的我並沒有想明白這點，所以我還是執著的尋找著那個穿藍色裙子的女孩子，她就像我生命裡記憶最深刻的時間裡的一根稻草一樣，我不知道她算是壓垮駱駝的那根稻草還是救命的稻草，總之她那樣重要。

而我終於找到了她。

爲了尋找這個女孩子，我成爲了眼保健操檢查員，爲的是能夠在每一個班級裡穿梭尋找她，爲的是在我尋找她的時候，她能夠閉著眼睛。她若見到我，我一定會低頭。在那個時候，紫龍搬家了。紫龍的父親做海蜇生意發了家，花了三萬元給紫龍買了一個城鎮戶口。我們幾個小夥伴中，他的家境明顯要比我們的都優越，當時我覺得家境優越只意味著我們吃赤豆棒冰，他可以吃雙色棒冰，從來沒有想到過他會不和我們一起吃棒冰。由於我們都是農村戶口，所以反而對戶口沒有什麼研究，我們的父母倒是經常爲此緊張，因爲他們覺得當我們長大，農村戶口就很難找到老婆，這便是階級，我們分爲直轄市，大城市，地級市，縣城，小鎮，郊區，農村，山區和貧困山區這幾個階級，父母告訴我們，我們屬於郊區，並不完全算農村，但由於我們是大城市的郊區，所以又能有一些優越感，在這個階級表裡可以排在中游。在他們的對話中，找老婆從來不以相愛爲標準，如果你找到了戶口排名比你靠前的人，你就是光宗耀祖，反之則是灰頭土臉。

紫龍的父親花了這三萬元以後，紫龍比我們高了一個階級。我們送別了紫龍。紫龍說，我會在放假的時候回來玩的。我的房子還在這裡。

後來，這個宅基地就被紫龍的父親五萬塊轉讓給了別人。

紫龍和我並不是最熱絡的小夥伴，所以我無從悲傷，只是哀歎。紫龍在臨走的時候對我們說，其實，我是因爲一直怕十號，所以才沒有告訴大家，我的聖衣，也是在我們家地裡挖出來的。

當時我想，這是多麼勇敢的一句話啊，他在最後向十號的權威發起了挑戰。我對他肅然起敬。從那以後，紫龍就在我們的生命裡消失了，他消失得只剩下耳邊的傳聞，他們一家人沒有搬到離開我們五公里外的鎮上，而是到了繁華都市的中心裡。我們每年一度去市區買新衣服過年的時候都會意識到，要不要去紫龍家裡看看，後來父母都覺得算了，沒什麼好麻煩人家的，大過年的，萬一人家家裡有客人呢。我們居然眞的再無相逢，長大後讓我悲傷的是，他對我們說的最後一句話，還是一句謊話。

可是十號依然是那樣的霸道，我對他有說不出的感覺，一方面我討厭他，一方面我羨慕他。十號知道我喜歡一個穿藍裙子姑娘的事，那是因爲我自己犯賤，告訴了他。希望他能夠幫我回憶。十號說，你這個傻逼，眞正的男人，眞正的鬥士，從來不會爲一個女孩子去做什麼。

但當時我已經開始讀課外書了，我說，爲什麼我老看見外國人爲一個女孩子而決鬥呢？

十號一楞，繼而說道，那是外國的鬥牛士，他們是爲了一頭牛。

我說，不是的，是站在一個空的場地上，然後兩個人決鬥，誰贏了女的就跟誰走。

十號說，那很好，如果哪天我們兩個同時喜歡上一個女的，我們就決鬥。

我說，讓這個女的自己來選不就行了。

十號鄙夷的說道，你這個笨蛋，眞正的男人，眞正的鬥士，就是要爲了一個女孩子而決鬥的。

我問十號，你有喜歡的女孩子麼？

十號說，我沒有，我也永遠不會爲了一個女孩子而怎麼樣。這種事情，也就是你這樣的人做出來的。

我說，嗯，是啊。

我依然每天在眼保健操的音樂聲裡穿梭於各個班級之間。漸漸的，我對這件事情已經忘卻，我只記得我是一個查眼保健操的時候同學們有沒有閉眼的人，這就是日復一日機械的工作帶給人們的惡果，它讓人無一例外的忘記自己最初的理想。過去了一年，我因爲工作認眞和跑得快，牢牢的把守著我們這一個年級的這個職位，在四節的眼保健操裡，我需要檢查四個班級，在這一年的頭幾個月裡，我總是盯著女生的裙子看，等到天氣冷去，大家都開始穿褲子，我慢慢的開始看她們的臉，我最喜歡看她們做第三節眼保健操，那是揉四白穴。在揉四白穴的時候，每一個女孩的面貌都清晰可見，她們把自己的臉扯來扯去，更是可愛。到了第二年夏天來臨的時候，我已經忘記了再看她們的裙子。我只是發現了這個年級裡所有漂亮可愛的女孩子，我仔細的觀察過她們，她們的每一個動作，她們每一次顫動自己的睫毛，但是她們從不知道這些。

那是第二年的六一兒童節，是我留在小學裡的最後一年。我和沈一定還有小馬組成的小虎隊終於要上台唱歌。和我們在一起唱歌的還有陸美涵、倪菲菲、李小慧和劉茵茵組合。這將是我們離開這個校園前的最後一個六一兒童節。我們的兒童節聯歡會在下午，上午我們照常上課。在第三節課開始之前，我照例去檢查眼保健操。我對這個工作雖然已經日漸失去感覺和激情，但總是還有微微的特權感。當先跑去了最遠的六年級一班，因爲六年級一班是離開我們最遠的，我在六年級四班。這樣檢查下來，在最後一節結束的時候，我正好可以坐回到座位上，雲淡風清。但是我在六年級一班等待了很久，都不見廣播響起，學生們開始有些騷動。但老師一般都會在眼保健操尾聲的時候進來班級，所以局勢有些失控，我看見六一班裡有些調皮的男孩開始起哄。我走上講台，用黑板擦敲了幾下桌子，說，同學們，我們要做到老師在和不在一個樣。

馬上有一個男孩喊著說，那我們做不做眼保健操啊，喇叭壞了，喇叭壞了，全校的喇叭都已經壞了。

我嚴肅的說，我們要做到喇叭壞和不壞一個樣。

他都快從椅子裡翻騰出來，依然起哄道，怎麼一個樣啊？

我一咬牙，說道，我來喊。

全班譁然。

我毅然重複道，同學們，你們要聽我的節奏。好，保護視力，眼保健操，開始，閉眼。

整個班級的同學都齊刷刷的閉上了眼睛，我的成就感油然而生。

突然間，有一個女孩子站了起來，說道，你錯了。

所有同學的眼睛又都齊刷刷的睜開了。

我問道，怎麼了？

那個女孩子說道，應該是，爲革命，保護視力，眼保健操，開始。你漏了三個字，爲革命。

班級裡的男生大喊道，你是反革命，你是反革命。

我臉色大變，在課本和課外書裡看到的最可惡的稱呼居然落到了我的頭上。我怔在原地。從此以後，我再也沒有了自己的名字，在這個學校裡，我的名字就叫反革命。他們說，你姓反，你姓反，你是反革命。我對他們說，不是，我不叫反革命。但是這一切都淹沒在群眾起哄的浪潮之中。就因爲那個女孩子站起身說的一句話，那個女孩子就是劉茵茵。

更讓我悲傷的是，在她站起來的一剎那，我清楚的看到她的那條藍色裙子，分明就是那一條，在我睡前的夢境裡、在我醒後的夢境裡出現了一萬次的藍色裙子。那天我在雲端看見的就是劉茵茵。但是這麼一個女孩子，隨口的一句話，我就變成了反革命。怎麼能是妳，劉茵茵。

當時我在學校裡已經算是風雲人物，一切皆因爲我們組成了山寨小虎隊。當下午到來，我們三個人站在紮滿了氣球的舞台上，台上頓時炸開了鍋，大家都在接頭交耳，討論著我的新外號。由於所有人互相耳語的時間不一致，但內容一致，所以這三個字無限次的進入了我的耳朵。霹靂虎站在舞台的最中間，我站在他的右邊，我們三個人站得像三叉戟一樣端正，唱了一首《娃哈哈》，然後就被轟下台了。談及這次不算成功的人生演出，我們認爲是主辦方對曲目的審查太過於嚴格。我們當初要求演唱一首小虎隊的《愛》，但班主任認爲，這很不好，你這麼點年紀，懂個屁，你知道什麼叫愛麼？你這個年紀，誰允許你們愛的？

當時霹靂虎插了一句，說，那你們還老讓我們愛祖國。

由於邏輯正確但政治錯誤，老師當時就怒了，罵道，因爲我們的祖國是……我們的祖國是……是花園。好了不要說了，你們就唱《娃哈哈》。娃哈哈啊娃哈哈，每個人臉上都笑開了顏，多麼喜慶。

我們唱完以後，回到了座位上，周圍的同學們都在評論我們，當然，不會是什麼好的評論，整個演出的下半場我都是恍惚的，以至於那四個女的什麼時候上台唱歌的都不知道。但我知道，她們唱了一首張學友的《祝福》，幾許愁，幾許憂，人生難免苦與痛，失去過，才能眞正懂得去珍惜和擁有，傷離別，離別雖然在眼前，說再見，再見不會再遙遠。

這首歌唱完，得到了同學們如雷貫耳般的掌聲，回想起我們唱的《娃哈哈》，我羞愧難當。這還讓我想起了丁丁哥哥在我的耳邊吟唱了大半首的歌曲。我們當時還有離別愁緒，那便是我們第一次面對大規模告別。小學的離別，那是最不能知道你身邊的人未來將變成一個什麼樣的人物的時刻。

演出結束以後，劉茵茵走到我的面前，對我說，對不起。

我假裝瀟灑道，怎麼了？

劉茵茵說，我不應該糾正你的錯誤，讓你有了一個外號。給同學起外號是一個很不好的行爲，但你的外號其實不是我喊出來的。

我說，我知道，我在現場的。

但我依然心跳加速。我知道我內心所想，但我曾經料想過的非常無奈的現實問題還是擺在眼前，劉茵茵已經一米六，而我只有一米四。而她的道歉冷傲得像一塊沒有縫隙的冰塊，我知道那只是緣於她的家教。我就如同一隻幼犬，面對著一塊比自己還要大的骨頭，不知道從何下口。這麼多時間的幻想，在成爲了現實的一刻，似乎並不那麼美好，而我也再無暇回頭意淫紗織和花仙子。

在臨近畢業前的兩天，我躺在床上。

這是一個多麼尷尬的時期，我多麼希望自己能把這些時間都埋藏了，直接跳到和丁丁哥哥一樣的年歲。事實上，它發生了。在我的回憶裡，空缺了少年的時光，我的兒童，我的青年，都在時代前行的片段裡度過，我只是一個普通人，各種各樣的標語和口號標記著我的成長，什麼流行我追隨什麼，誰漂亮我追隨誰，可少年時候的我在做什麼？在那最重要的年歲裡。也許是我記憶裡的那個姑娘，劉茵茵，她卻只給我留下了「反革命」這樣一個綽號，一直跟隨著我到了工作，工作時候我離開了所有我熟悉的環境和朋友，這個世界之大能讓你完全把自己洗沒了，在一個陌生的環境裡，我可以重新塑造一遍我自己，沒有什麼是不會改變的，我上一個角色已經演完了，這是我接的新戲。

在八三〇一房間裡醒來的時候，我第一反應就是去陽台上看一看「一九八八」還在不在，白天看這間房間的設計更加奇怪，它的陽台快要大過它的房間。「一九八八」依然膩膩歪歪的停在了路邊。陽台上還有一個水龍頭，我在陽台上洗漱，展開了地圖，設計了一下旅程，想自己還是能來得及趕去接上我的那個在遠方的朋友。我把地圖摺起來放在口袋裡，推開門，不知是什麼樣的感情，我想起了娜娜，她此刻一定在明珠大酒店裡睜開眼睛，雖然我心懷愧疚，但我也無怨無錯，至少她睡了一個比我要好的覺，因爲她睡著比我更好的床，而且手裡還有一小筆錢，至少能吃飯住宿，當作路費，也足夠找到十個孩子他爹。我甚至隱約覺得對待一個妓女如此一定會被別人恥笑。但我覺得丁丁哥哥不會笑我，我便心裡平靜。事實上，現在的我，已經比死時的丁丁哥哥大了不少，但在做任何有爭議的事情的時候，我總會把他從記憶裡拽出來，意淫他的態度，當然，他總是支持我。我告訴自己，不能看不起娜娜，不能看不起娜娜，但我想我的內心深處還是介意她與我同行。無論如何，這個人已經在我的生命裡過去了，唯一留給我的問題便是，我應該是像期盼一個活人一樣期盼她，還是懷念一個死人一樣懷念她。但這些都無所謂，長路茫茫，永不再見。

我打開了房間的門，掏出「一九八八」的鑰匙，走過樓梯的第一個拐角，我就遇見了娜娜。

我以爲我夢遊去了明珠大酒店。

娜娜和我一樣呆在原地，一直到一個下樓洗衣服的赤膊工人割斷了我們的沉默。他說，你們兩個挪一挪。我和娜娜往邊上挪了挪，娜娜淚水直接落在了台階上，說，對不起。

我說，對不起。

娜娜和昨天看上去不一樣，漂亮了一大截，她給自己化了妝，而且化得還不錯，但她的妝很快在她的淚水裡花了。她又說，對不起。

我說，怎麼了娜娜？

娜娜扯住我的衣角，說，對不起。

我說，娜娜，究竟怎麼了？

娜娜說，對不起，我欺騙了你。

我頓感角色錯位，問道，怎麼了？

娜娜說，我拿了你的錢，但我沒有去開房間，我溜走了。

我輕輕啊了一聲。

娜娜說，對不起。

我說，那妳，後來，妳……

娜娜說，我去了酒店的前台，然後從後門走了，我知道你一定等了我很久，然後你找不到我。

我說，嗯，等了一會兒。

娜娜說，你要把錢要回去麼？我現在就可以給你，但是我住宿掉了一晚上。

我說，不用。妳怎麼能不告而別呢？

娜娜說，對不起，我害怕你丟下我，我也知道你會丟下我，本來這個事情就和你沒有關係，但是我還是害怕，我已經沒有錢了，但我不會問你要的。

我入戲了，還有點生氣道，於是妳就拿了錢走了餓？

娜娜說，嗯。

我說，難道我還不如這幾千塊錢重要？

娜娜說，不是。

我問她，那妳跑什麼？

娜娜說，不是跑，我覺得你遲早要放下我，我還是走吧。

我說，妳覺得我是那種人麼？

娜娜說，是。

我說，我真的是。

我突然從惡人變成了受害者，不知該怎麼描述心情。我對娜娜說，走吧，上路吧。

娜娜說，多不吉利。

我說，那走吧，出發吧。

娜娜問我，我要跟著你做什麼呢？

我問她，妳能做什麼呢？

娜娜說，我什麼都做不了，本來我還有能做的，但現在也不能做了。

我說，那妳就踏踏實實走吧。

娜娜問我，你會有什麼負擔麼？

我說，沒有，但我會增加一點油耗。

娜娜很緊張，問我，那怎麼辦？

我沒有辦法回答她。

在街邊吃了早飯，就如一夜夢境，我們重新坐進了一台車裡。娜娜把自己的妝補了，我問她，妳自己給自己化的？

娜娜說，是啊。

我本想和她繼續這個話題往下聊，但我停住了，突然對她說，娜娜，妳千萬不要覺得我愛上妳了。娜娜，妳不會愛上我吧？

娜娜說，不會，不會，你放心，這點職業操守還是有的。

我說，妳們還有職業操守？

娜娜說，那當然有。

我笑道，那妳們還有職業楷模？

娜娜說，那自然也有。我們有一個一姐的。

我問，她叫什麼名字？

娜娜說，叫孟欣童。

我讚歎了一聲，說，原來這個行業裡最一線的還都是有正常的藝名的，是不是只有妳們這樣二三線的才從疊字啊，什麼娜娜啊，珊珊啊。

娜娜說，那是，人家的名字可是算過的，不過她的確漂亮，我是從來沒有見過她，但是我有一個顧客看到過，我們都知道她長什麼樣子，因爲有她的照片。這個顧客就喜歡和我聊，每次點我就讓我給他按摩，但他給的錢一樣多，所以我就很樂意和他聊，他說他上次去卅城，就終於見到了那個傳說中的全國頭牌，眞的好漂亮。他拿了一個號，就等著叫到號，然後飛過去。但是後來他沒能飛過去，因爲他排到只差了兩百多號的時候，孟欣童就消失了，後來再沒有消息了。

我問娜娜，去哪裡了。

娜娜說，我哪知道。可能是死了，可能是傍到人了。但是我們都給她算過，她的總收入肯定是過千萬的，她不光光是卅城的頭牌，她可以說是全國的頭牌，雖然北京有幾個夜總會，名氣很大，但是都壓不過她，你要找她，還得特地飛到卅城去，你要特地坐飛機，然後轉汽車兩個小時，才能拿到一個號，那是什麼概念，然後提前一天通知你，你得過去，還有拿了號以後輪到這個人，然後特地從歐洲飛回來的。你是不在這個圈子裡，你不知道這個奇女子的厲害。她可是我們的偶像。只可惜她最後就不見了。

我說，說不定人家就是換了一個城市重新生活呢？

娜娜笑道，說，幹我們這一行的，換一個城市也就是重操舊業，有時候不是因爲我們缺錢，也不是我們喜歡幹這一行，就覺得我們只會幹這個，可能我有一陣子不缺錢，但我還得幹，我只覺得這樣最有安全感，哪怕完事以後人家嫖客跑了，都要比在家裡停工一天覺得踏實。

我說，那妳還眞挺辛苦的，一個月要幹滿三十天。

娜娜認眞的對我說道，不，是二十五天。

我說，哦，忘了妳們的天然假期。那妳不交男朋友麼？

娜娜說，交啊，以前我的一個同學，後來追求我，我不知道怎麼著的，稀里糊塗就答應了，我們在兩個城市，是在電腦上重新找到對方的，後來在電腦上確立了戀愛關係。他一直要求來看我，但我哪裡來的時間啊，只能等我每個月放假的時候和他見面，他就坐火車過來，我們大概這樣堅持了半年，後來就不好了。

我問，爲什麼不好？

娜娜說，他一共坐火車來了七次，每次我都例假，但我又不敢用嘴，我怕我忍不住太熟練了把人家嚇跑，我們就這樣憋著，後來他受不了了。我們吵架了，然後就分手了。

我說，妳那個小男朋友還挺能忍的，分手他怎麼說的？

娜娜說，他說，我知道妳是一個好女孩，我知道妳這麼做都是故意的，妳想把妳的第一次留給新婚之夜，妳是我見過的最純潔的姑娘，但是，我們總不能一直這樣，我來一次也不容易，妳下次能不能在不來例假的時候找我來？

我和娜娜同時笑得不可自支。

娜娜指著前方，說，看路，看路，你開歪了。

我大笑著說，哈哈哈，最純潔的姑娘。

娜娜跟著笑道，說，是啊，這傻逼。

我收住了笑，扶著方向盤。

娜娜把雙腿蜷在座椅上，抱著自己的膝蓋說，按理來說，其實他挺好的，我應該挺對不起人家的，但是爲什麼我一點都不內疚呢？

我接著問道，爲什麼呢？

娜娜說，因爲我不愛人家。我絲毫不愛人家，我不愛這種類型的。

我問娜娜，那妳愛過誰？

娜娜說，我還眞愛過一個人。

我自作聰明道，是不是妳高中或者大學的師哥？

娜娜瞪我一眼，道，對不起啊，我沒上過。

我忙說對不起。

娜娜流露出了一個微妙的不快，然後又被骨子裡的愉悅所覆蓋，道，是這樣的，我喜歡的那個男人，是我第一家去的洗頭店的老闆娘的老公。

我說，哦，那就是妳的老闆。

娜娜嚴肅道，不是的，那不一樣的，那個店就是我們老闆娘開的，她老公自己開了一個其他店，做的生意要大很多。

我問，做什麼生意？

娜娜說，他開了一個桑拿店。

我說，這不是一樣嗎？

娜娜立即向我科普道，這哪一樣，當然不一樣了，規模完全不一樣，一個洗頭店，十萬塊錢就能開起來，一年最多賺個二三十萬，一個桑拿沒有一千萬都開不下來的，弄好了一年能賺兩三千萬，當然，我當時去的那裡小地方，開桑拿規模不用那麼大，但是檔次還是不一樣，洗頭店裡全套一百五十就給你了，桑拿中心裡怎麼都要三百多。我老闆娘的老公還是很有氣質的，而且很能罩得住的。

我說，那後來呢？

娜娜說，嗯，被抓進去了。

我說，他不是罩得住麼？

娜娜說，罩子再大也有個半徑的，他跑到外地去賭博，給抓了。

我說，妳喜歡人家什麼？

娜娜說，我喜歡他罩得住。

我不屑道，那不是最後也栽了麼？

娜娜說，那不一樣，至少在栽之前讓我有安全感，他是唯一一個讓我有安全感的男人。別人就這麼來了又走了，我和他一起待了三年多，那個時候我還不會做這個行業，是他手把手教我的，我第一次試鐘就是他試的。

我說，那他老婆呢，就是妳的老闆娘呢？

就是老闆娘安排他來一個一個試鐘的啊，但是我沒有能夠進桑拿中心，還是在洗頭店裡工作。

我略帶傷感問她，娜娜，那既然妳這麼喜歡他，他怎麼沒把妳安排進桑拿中心呢？桑拿中心應該提成也會高一點，工作起來也安全一點。

娜娜說，是啊，在那個時間裡，進桑拿中心就是我唯一的夢想。

我笑話道，妳就這點追求。

娜娜說，那怎麼了，至少我一心要往高處走。

我點了一根煙，說，接著說說妳的故事。

娜娜說，把煙掐了。

我忙把煙掐了，說，對不起。

娜娜擺弄著安全帶，對我說道——

那個老闆叫孫老闆，他一直換名字的，我就叫他孫老闆，他很早前是從機關單位下崗的，哦不，是下海的。我最早去的那個地方是宜春。你不知道那裡吧，那是一個很小的縣城。我從家裡出來，就到了那裡，因爲火車到那裡要查票了，我是從家裡跑出來的，當時我身邊什麼錢都沒有帶。可其實那個地方離我家並不是很遠，因爲綠皮火車我只坐了一天，我想可能也就六七百公里的路程。

宜春是個很小的縣城，哦，我剛才說過了。我那年多少歲？我想想，我那年反正不到二十歲。我就出來了。我還算是我們那裡出來得晚的。我小時候的姐妹們都出來了，全國各地，我從十六歲開始，身邊的朋友就不停的少，不停的少，到我出來的時候，已經沒有了，只有我弟弟。但我弟弟算不上我朋友。

在宜春我待了三年，四年？差不多四年。你問我爲什麼喜歡孫老闆？我也說不清楚。反正我覺得我要是有這麼一個男人，我就知足了。我當時要一個什麼什麼檢疫證之類的還是什麼，反正我也不是很清楚，就是像市場上賣的豬肉一樣，表示自己很乾淨的那種證件，我說我該怎麼去弄啊，孫老闆一個電話就搞定了。他很有門道的。老闆娘開車違章了，他也是一個電話就搞定了，反正什麼事情都是一個電話就搞定了，連電話丟了，都能一個電話就搞定了。

不過我不喜歡孫老闆也難，他是我那個四年裡唯一一個能常看見的男人，其他的男人，基本上都只能看到一眼，後來隨著我業務水平的提高，有些男人能多看兩眼了，但是你知道那幫男人，多虛僞，說得好好的，下一次還是要點我，下一次過來就點了別人，還假裝跟我不認識。不過我也能理解，一樣是花錢，當然要玩點不一樣的，玩來玩去都是一樣的，那和在家裡陪老婆有什麼區別。但我就接受不了他們瞎說。孫老闆很栽培我的，他一直惦記著要把我調到桑拿去，但是老闆娘攔著，因爲我做到後來，也有了不少的熟客。你別看我姿色一般，其實我化妝一下，還是挺漂亮的，眞的，你看，我今天和昨天有沒有什麼區別？我以前就是學化妝的。我本來是想做化妝師，做化妝師能給好多明星化妝，眞的，我特喜歡，這麼多人摸不到他們，我讓他們閉眼，他們就閉眼，我讓他們張嘴，他們就張嘴，我想摸就摸，想捏就捏。這多爽。我把這個想法唯獨給一個客人說過，那個客人說，沒有安全感的人一般都特別有控制欲。我覺得我應該是沒有安全感的。誰有，你說誰有，我就沒見過一個有安全感的，連孫老闆也沒有，要不然孫老闆怎麼還會把錢藏在洗頭店的熱水瓶裡。孫老闆夠厲害了吧。不過他也沒見過明星，你見過明星麼？

我看著娜娜，說，娜娜，說話要連貫一點，就昨天說妳去醫院看病那一段就很有邏輯，今天怎麼就邏輯混亂了？

娜娜說，昨天是說故事，今天是說感情，說感情當然就混亂了。我說到哪裡了，哦，孫老闆，你先說，你覺得我今天給自己化的妝怎麼樣？

我端詳了兩秒，說，眞的不錯，比那天衝進我房間門漂亮多了，那天妳如果化妝成了今天的樣子，我就多給妳一百。

娜娜馬上微微從座椅上騰起身子，說，對了，說起錢，還給你，被你逮住了，我就不黑你的錢了。你給我的錢，我只花了六十，在凱旋旅店住的一晚上。

我說，爲什麼妳只要六十，我住進去就花了九十八？

娜娜說，你們男人就是不會過日子，你可以砍價的嘛。我就在那裡砍了好長時間。我說我先住一天，看看好不好，然後我有可能長包一間房間，她就六十給我了。誒，我們眞是傻逼，早知道這樣，在凱旋旅店開一個房間就好了，還浪費一間房間。誒，對了，昨天晚上我還老想起你，不過你別誤會了，我不是喜歡你，我就是覺得挺難受的，你想我麼？

我說，我沒有。

娜娜說，嗯，那就好。我看過很多男人的，想你也不會喜歡我，我也就沒動那個念頭。我見過的男人也有這個數目了。

娜娜說著張開了自己的手掌。

我說，五位數。

娜娜說，白癡，你當我機器啊，哪有那麼多。幾百個得有吧。

我說，那妳把手張開幹什麼？

娜娜說，哦，我在看掌紋。你看我的愛情線，算了，你還是開車吧，別看了，你看我的愛情線，它和事業線繞在一起。不過我的生命線很短。你看就到這裡，大概三十歲，不過在這裡，你看，哦，你管你開車，別看，就是這裡，這裡會有一個新的分支。這就是我的孩子。嘿嘿。對了，跟你說回孫老闆的故事，其實我和孫老闆也沒有什麼故事，他每次來都要和我試鐘，看看我的水平有沒有提高。我本不應該要他錢，因爲他過來，老闆娘也不會抽成，但是我每次都要問他要十塊錢，你知道爲什麼麼？

我說，爲什麼？

娜娜說，因爲如果他給了我錢，我心裡就舒服，我們就是做生意的關係，只有我的男人可以上我不付錢，但他又不是我的男人。雖然老闆娘和他也沒什麼感情，但是他又不可能跟人家離了跟我走，我怕我感情上接受不了，所以我一定要收錢。

我說，妳眞怪。

娜娜說，直到有一次，我徹底崩潰了，我哭了一天一夜，那次完事了，他告訴我，冰冰，哦對不起，那個時候我叫冰冰，他說，冰冰，對不起，錢包落車裡了，今天就不給妳錢了。我當時就急了，說不行，你再掏掏口袋，哪怕一毛錢都行。孫老闆說，我光著，哪裡來的口袋。我當時就把衣服給他拿過去了。他掏了半天，說，冰冰，我今天眞的沒有帶一分錢。眞的沒有。我聽到這句話，當時就不行了。我抱著他哭，哭得他都傻了。我還是第一次看見他傻掉，你知道孫老闆是一個很鎭定的人，我從來沒有看見過他不知所措那種樣子，我眼淚全都沾在他的身上，他說，冰冰，對不起，我眞的沒帶錢，下次我給妳補上。我說，你這個白癡，你怎麼可能懂。

我說，我也不是特別懂。

娜娜雙手撐著扶手箱，說，是啊，你怎麼會明白，幹我們這一行的，身體都給了人家，總得給自己留點什麼。我有一個姐妹，死活不肯用嘴，她就是要把嘴留給她以後老公，結果一次一個男的喝醉了，弄半天不行，那男的非要讓她用嘴，她不從，被那個男的打得，十天以後才來上班。警察都來了，後來他賠誤工費，可你知道我們這算什麼工作啊，怎麼算誤工費啊。有一個姐妹，從頭到尾都必須用套，這倒好，乾淨，她說只有她老公才能不用套，但問題是這樣的話收入就特別少，熟客也不喜歡妳，以後也不點妳，妳的點鐘少了，都不一定能留下來繼續幹，大家都不是那種長得如花似玉的，還不是靠著敬業的精神麼，你說是麼，妳不滿足客人，妳又不是大美女，你說這怎麼弄。你說我出道的時候傻逼呵呵，什麼都不知道，我能給我以後老公留什麼啊，我什麼都沒能留下，留一個不知道爹是誰的孩子？我該用的地方都用了，我只能安慰自己，說以後給我的男人唯一留下的福利就是，上我不用給錢。但是孫老闆，這個王八蛋，他居然沒有給錢。

我聽著久久不語。

娜娜怔怔的看著前方，說，不知道他現在怎麼樣了，我想去找他，可是我也不知道他去哪裡了。你說這一路上這麼多的縣城，這麼多的房子，他在哪一棟裡呢？

我說，可人家有老婆了。

娜娜說，我可以的。我沒問題的。你說我們到這個世界上來一遭，不就是爲了找個喜歡的人，有個孩子，這就可以了。我就是不幸，這兩個沒能結合起來。我可能跟你這麼說顯得非常平面，你也不能夠深入瞭解孫老闆這個人，你一定覺得他和普通的開浴場的男人沒什麼區別，但是他真的不一樣，你要相信我，我見過那麼多的男人，那麼多，除了孫老闆，我真正動心的還有一個，他說他是一個音樂製作人，我喜歡王菲，他說他以前是王菲的製作人，我當時就特別激動。他留長長的頭髮，人瘦瘦高高，我們盡在床上聊王菲了。我說，你也是一個有頭有臉的人，怎麼會來我們這種這麼小的洗頭店呢？他說，他在體驗生活。我很高興，把姐妹們都叫了上來，說，大家快讓王菲的製作人體驗體驗。他說，太多了，太多了，忙不過來，歌要一首一首做，女人也要一個一個做。你知道麼，我們都喜歡王菲，我唱得特別像王菲，容易受傷的女人，得得得得，得得得得得得，得得得得受傷的女人，得得得得……我唱得怎麼樣。當時我也唱給他聽了，他說，很好，說我很有音樂的潛質，下次帶上唱片公司的老闆過來聽我唱歌，說不定可以包裝包裝。我說，那我得趕緊告訴老闆娘，你們如果過來的話，這裡就蓬蓽生輝，你們包裝包裝，我們這裡還得裝修裝修。

他說，我們可以包裝出一個勵志的歌手，妳是從社會最低層出來的，當然，我們不會說妳是幹這行的，但我們可以說妳是一個捏腳的，平民天后。到時候我幫妳做幾首歌，能不能站住腳跟一炮而紅還是要看機會的，我不能給妳打保票。

我問他，我能見到王菲麼？

他說，等王菲錄歌的時候我通知妳，妳過來到棚裡就行了。

我說，棚在哪裡啊？

他說，北京。

我說，哇哦，你這一路體驗得眞夠遠的。

他說，嗯，因爲一直在北京待著，藝術的細胞有點枯竭，需要山谷裡的清風吹醒我，也需要旅途上陌生的果兒傷害我，果兒妳知道麼，果兒就是姑娘的意思，我們北京這個圈子裡都這麼叫，妳要先熟悉起來，萬一妳到了北京聽不懂，鬧笑話。

我說，嗯，果兒，我是果兒。

他說，好，這個名字眞有范兒，妳叫什麼名字？

我說，叫我冰冰。

他說，妳已經有藝名了啊，這樣，妳還是叫冰冰，但妳要改一下妳的名字，因爲北京已經有兩個冰冰了，妳知道的吧，所以妳的名字裡可以有冰字，但是妳可以和果結合起來，叫冰果。妳覺得怎麼樣，藝術氣息和搖滾范兒完美結合。

我說，冰果，好啊。

他突然又撓頭說道，冰果，不行，聽著像毒品。

我說，沒關係，毒品讓人上癮。

他當時就兩眼發光，說，眞是不虛此行，眞是不虛此行，我想好了，如果給妳做一張專輯，專輯的名字就叫《冰毒》，妳覺得好麼？

我當時眼淚就刷一下流了下來，不是被這個名字感動的，我當時就覺得，如果我眞的出了唱片，那麼我就有臉去參加以前小學初中的同學會了，我要不要帶一個助手？我覺得還是不要了，太裝逼了，還是讓司機和助手遠遠的等著就可以了。我覺得我還能上台唱歌，還給這個世界留下一張唱片，你知道麼，我在這個世界裡留下了東西，那我就死了都無所謂了，只要我能夠證明我來過這裡，我就不怕死。我從來不覺得我應該屬於這個世界，這個世界是我們去到眞正的世界之前的一個化妝間而已。而且我變成了一個歌手。你知道那種感受麼，於是我就哭了。

王菲的製作人一看見我哭了，說，「冰毒」這個名字眞的很好，從專輯運營的角度來講，市場定位非常準確，就是那些迷茫的都市青年。他們天天在夜店裡混，天天溜著冰，但是突然有一張叫《冰毒》的唱片，太震撼了。

我淚眼裡看著他，都快看不清楚了。

這個時候，老闆娘在樓下叫，到鐘了，要不要加鐘？

我說，你加一個鐘吧。

他說，不了，人生海海，我只停留一個鐘。這是我的電話。

他把自己的電話號碼用一個一塊錢硬幣寫在了好久沒有粉過的白牆上，我們那個牆壁粉刷質量那個差哦，石灰粉刷刷的往下掉，掉了我一床單，我的床頭正對著窗口，揚起來的粉塵顆粒一顆一顆的，外面太陽好大啊，我的眼淚就這樣乾在臉上，我說，那你什麼時候再來？

他說，我要去北京商量一下，雖然我是一個製作人，但我也有一定的決定權，不過妳不要太放在心上，本職工作還是要做好。妳等我消息就可以了，妳的聲線非常好，當然，妳的身材也非常好。我是有信心的。我這走了一千多公里，妳算是我的一個大收穫，所以說皇帝都要經常離京微服私訪，好的藝術都在民間，科班出身經常幹不過那些半路出家的，這個妳要放心我的實力。多少錢？

我說，你給十塊就行了。

他大吃一驚，說，你們這裡眞便宜，北京要一千多。

我說，不是的，我只收你十塊，我是虧的，因爲我還要給老闆娘八十。但我只收你十塊。

他掏出來十塊錢，放在我手裡，說，未來妳的出場費是這個的一萬倍。

我說，我只要能出唱片，只要能唱歌就行了。

他說，記住，誰也不能妨礙妳唱歌，我會去促成這件事情，合作愉快。

我伸出了手，說，合作愉快。

然後他就走了，他穿著一件呢的風衣，斜挎著一個包，還有大大的圍巾。那是冬天，他剛走出門就對著手哈了一口氣，白茫茫的。我一直站在我的小隔間的窗口發呆，那天我都沒有接客。我傻了整整一天。

此刻的國道上開始堵車，應該前面發生了交通事故。我所擔心的是「一九八八」的離合器承受不住那樣走走停停的環境。我對娜娜說，結果不用說也知道，那是個騙子是吧？要不然妳今天也不會坐在我這輛破車裡。

娜娜把窗搖了下來，說，嗯，他是個騙子。

我問，妳是怎麼識破的呢？他是後來一直沒有找妳麼？

娜娜說，嗯，姐妹讓我打電話過去，我說不打了，我等人家聯繫吧，萬一我打電話過去，人家正在給王菲錄歌呢？我的鈴聲豈不是都錄進去了，打擾人家多不好。

我說，那也挺好，王菲的歌裡插一個妳的彩鈴，妳也算是給這個世界留下了一點東西。哈哈哈哈。

娜娜說，這個不好笑的。你別幸災樂禍。後來我看電視，看女明星八卦的時候，看到王菲以前那個製作人了，身形差不多，但臉好像不是同一張。

我說，嗯，這個沒辦法。

娜娜憤憤不平道，你說這個人，他騙了我，我失眠了一個晚上，而且我好像不光光在想我的唱片，我還在想著那個人，我想，說不定做唱片的時候，像他這樣的藝術家可以突破世俗的枷鎖，跟我談戀愛，如果我們談戀愛，我一定要裝神祕感，我要少開口說話，像王菲那樣，說不定他會喜歡我這種神祕感。後來我又想，神祕個屁啊，見第一面就上床了。但我還是挺想他的，那幾個晚上連孫老闆都沒顧上想。我小的時候其實還是很喜歡讀課外書的，而且很喜歡聽音樂的，比起人家說的安全感，我發現這樣有藝術氣質的人還是對我有吸引力的，不過是個假的。

我哈哈大笑。

娜娜說，你真沒有同情心。

我說，我實在忍不住了，但是至少從藝術的角度，這個人還在妳的床頭牆上留下了一堆數字，總有留下的東西的，而且是永遠留著，就算妳以後沒有在那裡上班，但是妳的牆還是留著的，妳把自己的故事留給了所有能看到那堵牆的人，這就是在這個世界裡的痕跡，那棟樓那間房間後來怎麼樣了？

娜娜一聳肩，說，地震塌了。

國道上堵得異常扎實，半天都沒有動一下，我將車熄火了以免開鍋，怠速時候的震動瞬間消失了，我問道，娜娜，妳不覺得這車太老了，坐著不舒服？

娜娜說，不覺得，嫁雞隨雞嫁狗隨狗，坐車就隨車咯，反正我幹的工作按理來說都應該是最舒服的事，但都不怎麼舒服，所以別的也就無所謂，我可沒有那麼矯情，你開車，我隨意。這樣就已經不錯了。

我展開了地圖，對著國道上的標示，我發現地圖上的標示和我走的道路已經不是同一條，我打開車門，站在踏板上往前眺望，在我視線的盡頭，路還是死死的堵著。娜娜從我手裡接過了地圖，問我，要去哪裡？

我指著一個城市，說，那裡。

娜娜說，好啊，我也去那裡。

我說，妳去過麼？

娜娜說，當然沒有了，但是我要去那裡，那裡我認識朋友。其實不堵車，開一天就到了。你來得及。你的時間大大的足夠。

娜娜說，繞路吧。

我說，繞不過，我們要過一座橋，繞的話要繞很遠。

娜娜說，沒關係，我沒有什麼目的地。

我說，我有。

娜娜說，哦，你究竟去那裡做什麼？

我說，我要去接我的一個朋友。

娜娜不屑道：是個女的？

我說，是個男的。

娜娜一笑，你什麼取向。

我說，切，妳不是已經見識過了。

娜娜一楞，說，嗯，也是。但是你怎麼能對一個男的這麼執著，開這麼老遠去，他是你什麼人？

我說，他是我的一個好朋友，妳屁股下的這個東西就是他做的。

娜娜說，哇，他會做座墊。

我說，不是，這台車，這台車就是他做的。

娜娜說，好了不起。我喜歡這些有手藝的人。

我說，妳也算是有一技之長的人。

娜娜說，你是在笑我吧。

我說，我可不是。

娜娜玩弄著自己的頭髮，說，我知道你其實挺看不起我這一行的。

我說，那正常。妳以後要婚嫁，還得找得遠一些，妳打算回妳老家麼？

娜娜說，其實我不打算，我們女孩子，出來了，基本上就不想著回去了，本來在家裡，大家也都只顧著弟弟，而且我們這裡出來的女孩子，好多人幹了這個，能看得出來，你知道麼，幹久了，大家眼神一對，都知道，知道了往外傳，我老家那麼小個地方，很快就都知道了，反正我估計我爸媽也是心裡有數，但只要不丟他們臉就行。

我說，那妳和妳爸媽怎麼說的，妳是出來做什麼了？

娜娜說，以前我們都說做按摩師，但現在不行，知道幹這一行的都知道正規的賺不了什麼錢，這麼說反而讓人不放心，所以我就說我做銷售。

我笑著說，做銷售，哈哈，那銷售什麼？

娜娜說，自己。

車陣往前挪動了一點點，後面也已經堆滿了車，掉頭的希望徹底的毀滅，我們只能隨著大流往前蠕動，等待著一齣別人的慘劇。在這過程中，還有一些卡車開鍋了，說明想看別人悲劇，自己還要過硬，否則自己就成了一場悲劇中的小悲劇。我不知道前面有多麼嚴重的事故，是一場意外，還是一場災難，但這些都與坐在車裡的我們沒有什麼關係。我想起了我的第一份工作和我的一個女孩。

我的第一份工作是一個記者。我總覺得在所有的故事裡，我只是一個旁觀者，我總是想做一個參與者，但我總是去晚一步。我想，作爲一個記者，總能第一個到達現場。但是成了從業者以後，我卻想明白了，我其實還是一個旁觀者，只是一個到得比較快的旁觀者而已。但是我已經滿足於記敘和記憶下來。這個感覺從丁丁哥哥要離開家鄉的那一天就特別明顯，因爲我想和他一起去這個危險的花花世界裡，但是被丁丁哥哥無情的拒絕了，他還說，你是個小孩子，你看著就行了。從那次以後，我一直有一種感覺，我一直走在別人趟出來的道路上，或崎嶇，或平坦。剛剛入行的時候我很激動。我去了一份大報紙。那一批一共收了四個新記者，在給我們開會的時候，我見到了報社的副總，他對我們闡述了社會主義新聞觀，還告訴了我們，這不是什麼神聖的職業，但也別忘了你的追求。

那時候我只是追求一份工資。我在報社附近租了一個房子，一開始是合租的，合租的對象是一個男的，結果有一天，他洗完澡以後突然過來向我表白，我非常崩潰，但出於職業操守，我的第一反應是這個能不能成爲一條新聞？當時我還是見習記者，我去問我的編輯，說有個男的追求我，我要不要跟蹤這條線索。他久久的看著我，說，朋友，做新聞不一定自己要參與進去的。

然後我就搬了出來。他非常難過。搬家的那一天，他告訴我，說我不用搬走，所有的房租都可以他一個人來負擔，我什麼都不需要做，只需要安靜的躺在他的隔壁就行。但我一想到正被五米隔牆外的一個男人意淫著，我還是無法接受。第二次我找了一個非常破舊擁擠的房子，但務必要一個人住。每天一早，我們就會先開一個會，這個會上湧現的都是眞正意義上的新聞，聽得我熱血沸騰。然後老總會告訴我，這些，不能報。然後我們就開始自己挖掘和跟進。我一開始做的是文娛新聞，但我非常想去做社會新聞，因爲我覺得只有做社會新聞，才能解決一點問題。不過做文娛新聞有一點好，就是有不少紅包可以拿。當時的行情是三百到五百，我一開始拒絕了幾次，但是報社非常緊張，說那些明星的經紀人一直盯著問，是不是要不留情面玉石俱焚的寫。我說不是，我和他們又沒有恩怨，你發布會開什麼內容，我就怎麼寫唄，後來另外的一個資深記者告訴我，你以爲你是雷鋒，人家把你當黃繼光，也就幾百塊錢，你還是收下吧。我雖然收下了錢，但我心裡很不好受。我對一個朋友說，我想去社會新聞版，那裡不會再有紅包。

朋友說，還是你有野心，那裡眞沒紅包，紅包包不下那麼多錢，一般都是直接打在卡裡，你去揭露人家，人家自然要公關你。

我說，我不是這個意思，但難道就沒有人正兒八經的做新聞麼？

朋友說，都有，每一撥裡都有那麼幾個。

我說，那那些人在哪裡？

朋友說，辭退了。

我當天就寫了辭呈，因爲這畢竟是我的第一個工作，我堅信我只是去錯了一家報紙而已，並不是入錯了一個行當。那天晚上我喝醉了，我對那個朋友說，你知道麼，雖然我小的時候想做一個拉拉麵的，但是現在身爲一個新聞工作者，我是有理想的。

我朋友說，當時你不知道，那些控制你的人，他們的能量有多麼大。

我說，我堅信邪惡不能壓倒正義。

他抿了一小口，說，嗯，但是他們可以定義正義和邪惡。

我說，你明天再也看不見我。我把話撂在這裡了，明天，太陽再升起來的時候，你，將再也，看不到，我。

第二天，我還是慫逼一樣去了辦公室，我昨晚其實很清醒，但我希望我那個朋友已經醉了。不過還眞被我說中了，我的朋友再也看不見我了，因爲他被辭退了。在刊發一條商業賄賂案的新聞的時候，他所指的公司的大股東是我們市委書記的兒子的老婆的哥哥。我去了人事部要辭職，但電視劇裡的情節發生了，我還未開口，主任告訴我，正要找你，你頂替那個人的位置吧，以後自我審查的時候細緻一點，每一個背景都要搞清楚，我們是很想保他的，但是我們實在保不住，他得罪的人後台實在太硬了，不過你放心，這件事情他寫的時候並不清楚，我們也不清楚，稀里糊塗就報了，責任也不應該由他一個人承擔，所以我們安排他去了我們底下的一個文學刊物《曙光》去做編輯了，你可要細心啊。

回去以後的那段時間，我沒日沒夜的看碟，我看了幾百部電影。這是比毒品更好的沉迷方式，我是一個很容易代入的人，看英雄代入英雄，看傻逼代入傻逼，看女人代入女人，唯獨看貓狗大戰的時候，我實在不知道是該代入貓好一點呢還是代入狗好一點。我總聽到有人說，生活就像一場電影。我說，去你的，生活就像一場電視劇，粗製濫造，沒有邏輯，但卻猥瑣前行，冗長，不過不能罷手。我每次看完一部好的電影，那個晚上總是想了無數次第二天要毅然辭職，並且把所有人都痛罵一頓的情景，連打鬥場面都設計好了。

你相信麼，這樣一個世界裡，你用腦子想過的事情，你總是以爲你已經做過了。

我不能離開這個工作的原因是，我加薪了，而且我談戀愛了。我去藝校採訪一個明星班的老師，然後又去採訪這一批的學生。我和一個學生戀愛了。我大她六歲。她叫孟孟。我採訪她，她說，我來這裡，就是要做明星的，我不是爲了名，我不是爲了利，那是我的價値。況且從來沒有姓孟的女明星。

我當時就打斷她說，有孟庭葦和孟廣美。

她說，那內地還沒有，況且她們都算不上。

我問她，那妳有沒有給自己規劃過？

她說，我們的道路都不是自己規劃出來的，都是別人在規劃的時候把我們圈進去的。

我當時聽了很傷心，我說，以下談話不是採訪的內容，我能幫妳什麼？

她說，你幫我多寫一點。

回去以後我眞的多寫了一點。但是見報的時候已經被刪光了。爲此我和總編輯據理力爭，總編輯認爲，大家都不認識這個人，但這個採訪裡，當紅影星才說了兩句，但她說了四句。我說，因爲她說得特別現實，我覺得特別有意義。

總編輯說，我覺得特別沒意義，就這樣了。

後來是孟孟主動給我打的電話，說，出來玩吧，來唱歌。

我遲疑了一會兒，說，哪裡？

後來我們就好了。

我們在一起的過程是這樣的，她說，她是一個好女孩，但是剛剛來到這個城市，坦率的講，她不能保證她不會變，因爲這個世界就像溫水煮青蛙一樣。

我說，其實溫水煮青蛙是一個錯誤的俗語，溫水煮不了青蛙的。

孟孟說，你談話時候關注的點眞的很奇怪。

我說，真的，以前丁丁哥哥告訴過我，丁丁哥哥是我一個哥哥，他在我還是小學的時候就給我煮過一次青蛙，我們先把青蛙放在水裡，然後煮，煮了一會兒，青蛙覺得熱，就自己跳出來了，丁丁哥哥告訴我，有些事情，所有人都覺得是對的，它也有可能是錯的。但是我是要告訴妳，不要拿青蛙給現實改變自己找藉口，溫水是煮不了青蛙的，青蛙沒有那麼蠢，這就是現實。

孟孟說，我不信，我要來你家做試驗，明天下午我過來，你地址給我，準備好鍋和青蛙。

我說，來吧。

第二天，孟孟準時來到了我的屋子，她環顧四周，說，你一個人住？

我說，是。

孟孟說，青蛙呢？

我說，買了兩隻，爲了確保試驗的準確性。其實妳夏天過來，這屋子裡妳自己都能抓到青蛙。

孟孟說，那你住在這個屋子裡，也算是青蛙王子了。

我對這些表演系女生的冷笑話實在不敢恭維，但是我還是禮節性的笑了。

孟孟說，開始煮。

我把青蛙放在了鍋裡。

還是涼水的時候，青蛙在裡面蛙泳。水溫開始有些升高，青蛙依然沒有變化泳姿。孟孟有些得意，說，你看，沒反應，你把火開得再小一點，慢火煮青蛙，萬一煮死了，肉質還更鮮美一些。

我把火開到最小，我們看著青蛙在裡面徜徉，但是隨著溫度升高，青蛙有些不安，變成了自由泳，有些躍躍欲跳，我對孟孟說，孟孟，妳看，牠馬上就要跳出去了，煮得再慢也都是這樣，不要以爲現實可以改變妳，不要被黑夜染黑，妳要做妳自己，現實其實沒有妳想像的那麼強大，現實不過是隻紙老虎……

砰的一聲巨響。孟孟趕在青蛙往外跳之前，一把用蓋子扣住了鍋，旋即把火開到最大，青蛙則在裡面亂跳，我看得心驚膽戰。

孟孟一手用力按住，一邊轉身直勾勾看著我，說，這才是現實。

於是我們就在一起了，以犧牲兩隻青蛙的代價。但我在那一刻告訴自己，我只是因爲寂寞，我只是喜歡她的漂亮豪爽，我必須要在她扣上鍋蓋之前跳出去。

我其實不知道她喜歡我什麼，我也不知道我喜歡她什麼。我深知這樣的姑娘就像槍裡的一顆子彈，她總要離開槍膛，因爲那才是她的價值，不過她總是會射穿你的胸膛而落在別處，也許有個好歸宿，也許只是掉落在地上，而你已經無力去將她拾起來。更難過的是，扣動扳機的永遠還是你自己。

我記得有一次我採訪一個非常成功的商人，他剛從飯局喝了點酒回來，非常坦誠，因爲他的三任太太都是明星，我問他，你爲什麼這麼喜歡明星？他說，我當然知道婊子無情，戲子無義，但是無情無義對我來說並不重要，沒有人是永遠有情有義的，你看我的事業，它在開始的時候，我是有情有義的，它在壯大的時候，我是無情無義的，現在它成功了，我又變成了一個有情有義的人。你去說什麼戲子呢，你不是麼，你也是一個戲子，只不過你表演的時候沒有攝像機對著你而已。沒被抓住的賊也叫賊。你看我的太太，她們不愛我麼？她們愛我的。你說她們是戲子，我比你還過分，我還覺得她們是婊子呢，但她們又什麼都不是，你問我爲什麼喜歡演員，因爲我喜歡看她們對著我表演，我明明知道一切的，但你知道她們身上總是有一種魅力，正好符合我們這種人的虛榮心，你小子只是地位差得太遠，要不然你也一樣，一個漂亮的女人，除了你以外還有很多人喜歡，我住的房子多少人想住，我開的車多少人想開，我的遊艇，這個就沒多少人想玩了，因爲他們都還沒到這種境界，我的女人，多少人想睡，但都被我一個人占了，我都是愛的。當然，還有，我是一個很熱中慈善事業的人。

我第一次聽到有人能這樣的剖析自己，我頓時對他充滿了敬意，他是行業的傳奇，這次果然是耳聽爲實。回去以後我寫稿到了深夜，因爲我知道這種地位的人，當他面對一個聽眾的時候和面對十萬個聽眾的時候，說的話是不一樣的，我得趁他酒醒之前把稿子發了。他酒醒得比我想像的快一些，在凌晨四點的時候，我接到他祕書的電話，要求我把稿子發過去讓他審一下，報紙是四點三十分下廠印刷，一旦印刷，一切都成既定事實，雖然這段話可能會對他造成非議，但我的內心其實是欣賞這段話的，這段話有情有義。我藉口自己還在寫，四點四十五分把稿子發給了他。

他回了一個電話給我，說影響不好，怕競爭對手拿這個來做文章，影響股價。

我說，我認爲不會的，況且我認爲您是一個非常隨性的人。

他說，我在隨性前都會預估代價的，那是酒話，不能寫。

我說，可是都已經下廠了。

他說，那是不是和你說話沒有什麼大的意義了。

我說，是的，其實您早一點告訴我，我就可以……

他打斷我的話，說，嗯，就這樣。

我還是有點忐忑不安。我覺得是否太直面人性了，眞實總是沒有錯，但我們的面具只要不猙獰，是不是已經足夠。我有些後悔，覺得其實應該緩一下，上隔天的報紙也沒有錯，畢竟只是一個人物專訪，不是新聞事件。但是新聞事件很快就發生了。我接到主編一個電話。這是我第一次接到主編電話。他說，你搞個鳥，印廠都停了。

我說，爲什麼？

主編說，上級單位要求我們停止印刷，說是你的那篇稿子出了問題。你不會寫完以後和人確認一下麼。到點了不能準時出街怎麼辦，我們要重新做版，有沒有替換的稿子？

我說，沒有。

主編告訴我，嗯，就這樣。

在第二天的早上，我依然看見了我們的報紙，我馬上翻到了我的那一版，我發現文章已經變成了介紹這位富豪對慈善事業的理解。我頓時失去了安全感，我覺得這樣鐵板一塊的事情居然還能翻案。我給我的女朋友打了一個電話，我說親愛的，原來板上釘釘的事情也是能改變的。

她說，廢話，我們選演員的時候經常這樣，不到開機，誰都覺得自己會滾蛋。開機了還覺得自己會被改戲，殺青了還覺得自己的戲分會被剪掉，一直到播出了才能踏實。所以我們這個行業都特別沒有安全感，你一定要給我安全感。

我實在不知道應該要怎麼給人安全感，因爲我深知人總是一邊在尋求安全感，一邊在尋求刺激感。我寧願是給人帶來後者的人，我也總覺得我是一個隱形的那樣的人，可不知道爲什麼，人們看見我總覺得特別踏實。他們難道從來沒有想過，我也會消失於這個世界上，我也會騎著一台一千西西以上的摩托車，當人們問我去哪裡的時候，我忍著噁心，告訴他們，遠方。

孟孟和我在一起一共一年半的時間。當時她剛剛入學，來到這個城市，我相信她會愛上任何一個有工作的男人。我知道我身上沒有什麼利用價值，但我想她是誤會了。很奇怪，我不知道那是一種什麼樣的感情，所以那富豪說的才能觸動到我。我從心底裡認爲我們不能在一起，但就好似去試駕一台自己買不起的汽車，總是沒有什麼問題。我只是覺得每次帶她出去和朋友們吃飯很有面子，走在街上也備享榮光。我對她沒有付出感情，我一直深深的控制著自己，我怎能被一個戲子所傷害。

我換了一個離開他們學校稍微近一些的房子，孟孟是一個毫不掩飾自己野心的姑娘。而我，我連什麼是野心都不知道。我和她在一起的過程裡，她總是那麼主動。她第一次說愛我的時候，我的心潮眞的拍在了沙灘上，但是我沒有表露什麼。但我發現她經常說「愛」這個字，有一次半夜我們去小店買衛生巾，她喜歡認準一個品牌，但我們走了兩家店都沒有這個品牌，在走了一公里多以後，我們終於找到了理想中的衛生巾，孟孟捧著衛生巾說，我愛死你了。

從此以後，她每次對我說我愛你的時候，我都會想起她對那片衛生巾說，我愛死你了。那天她還說，喂，你知道麼，我現在還沒有成名，等我成名了，我們半夜買衛生巾這事就要被狗仔隊拍下來。第二天八卦雜誌上就有，著名影星我，和一個神祕草根男，你，半夜牽手買衛生巾。到時候你說我應該怎麼回應，我先練習練習。

我說，妳就說我是妳一個好朋友。

孟孟說，那不行，太假了，而且多傷害你。

我說，妳就說我是女扮男裝。

孟孟說，那更不行，那我變成拉拉了。

我說，妳就說，我是妳哥哥。

孟孟說，那也不行，你剛才親我臉了，記者肯定都拍進去了。

我說，妳就說，我是……

孟孟突然間生氣了，她說，你覺得和我在一起很丟臉麼，你就不能讓我說我是你男朋友麼，哦不，我都被你氣糊塗了，我是你女朋友麼，你們這些文化人，你覺得和一個藝人在一起很丟人麼？

我那時候才知道，原來人都有各自的自卑，在她心裡，我居然是一個文化人，而她只是一個戲子。我隱約能夠知道了她的家庭組成，我問她，妳爹是做什麼的？

孟孟扭了一下頭，語氣複雜，說：他是個寫書法的，算是個書法家。

我說，哦，妳爹是不是不喜歡妳學這個，但妳是不是又有點戀父？

孟孟說，你別以爲你什麼都知道，你別分析我，你猜不透我的，我是一個演員，也許和你在一起，我只是在表演呢？你又看不出來。

我說，我看得出來，我看過好幾百部電影。

孟孟說，那又怎麼樣。我就是表演，我表演的內容就是我愛你。

我說，嗯，我也是，我表演的內容是我不愛妳。

孟孟說，操，臭清高。

我生命裡經常出現這樣的事情，我明明是某個單詞，結果卻被人脫口而出，你這個反義詞。我說，孟孟，這部戲拍攝時間是多長？

孟孟說，兩年。

我說，我只有一年半的檔期。

孟孟說，你跟我經紀人去聯繫。

我已經說不清楚我對孟孟的感情，她時常到半夜才滿口酒氣的回來，但是她說，她的底線就是每天晚上都能回來，而且絕對不允許別人碰她。我說，哦。

我不是相信，也不是不相信。我只是在心中設置了壁壘，我不會去細想這些事情。在第一個年的下半學期，就有劇組去找她演戲。她告訴我這個消息的時候，我表現得非常鎮定，我說，妳那麼漂亮，這是遲早的事情。

她說，也沒有外面寫的什麼潛規則，製片、副導演我都見過了，也都定過裝了，攝影和美術都覺得很滿意。這個片子的班底雖然不是很有名，但是肯定是會播出的，我已經向學校請假了，學校說大一我們是不批的，除非大導演的片子。我堅持要去。後來他們還真讓我去了。你知道麼，這是一個機會，我要向家裡證明自己，他們打開電視機看到我的臉的時候，我就已經證明好了，而且我還要養活自己，弄不好還要養活你，你喜歡什麼牌子的車？

我換了一本雜誌，繼續翻著頁。

她說，不過你放心，我不會喜歡上別人的，我不喜歡同行。我看了那些大牌明星的資料，他們都不喜歡同行，我覺得這也是他們成功的一個要點。你雖然是這個行當裡的人，但你其實目光不能在這個裡面，你說兩人都是同行，一年都在到處拍戲，你拍你的吻戲，我拍我的床戲，這什麼情況啊。而且說實話，同行我都看不上眼。我不光是要成為一個演員，我要成為一個表演藝術家，你看過我新排的話劇麼？哦，你沒來，你去採訪了。等到我畢業大戲的時候你再來唄，給我送十個花圈。不過這次雖然我演的是女二號，其實戲分還挺多的，而且特別能出彩，你知道女一號那個誰麼，她倒是演過不少戲，算是二線，三線？也就三線女演員吧，不知道劇組為什麼選她。

我又換了一本雜誌，又繼續翻著頁。

她又說，這次我才拿兩千塊錢一集，但房租一直是你出的，我拍完這個戲回來，房租我們就一人一半，你看，我也沒讓你給我買過什麼衣服啊包啊，我依著男人，但我不能靠著男人，這三個多月，你就照顧好自己，我給你買了三箱泡麵，沒事那些飯局你也可以多去去，多認識一些人，多一些人脈，說不定以後還可以給我做經紀人。我三個月後回來，你可得送我一個禮物啊，你有三個月的時間想。這次我能賺五萬塊錢回來，但下次，我就是五萬一集了，我能賺一百萬回來。到時候我一年就接一部戲，你正好可以給我把把關，挑選挑選劇本，我覺得你的眼光應該不錯的，誒，我的眼線筆呢？

我放下雜誌，幫她收拾著行李。第二天劇組的車接上了她，她去了離開這個城市幾百公里遠的地方拍戲。我則繼續著我的發布會趕場生活。我每天給孟孟幾條短信，晚上打一個電話，她特別要求我給她打酒店的房間電話，以證明她是獨眠。

我在找開瓶器的時候，翻到了她的一本本子，這本本子裡記錄著我和她之間所有的短信聯繫。我突然記得她說的一句話，她說她的手機短信容量太小，存了兩百條就滿了，不知道該怎麼處理我的那些短信好。

這本筆記本不大，但已經記滿。不得不說，身爲一個書法家的女兒，孟孟的字眞的很難看。裡面我短信的內容大都冷冰冰的，無非就是哦，好，嗯，呀，就是一本擬聲詞的大集。我從那一刻才做出了決定，我覺得我應該把這個姑娘娶回家。我連忙跑去手機店裡，給她買了一個最貴的手機，不光花光了積蓄，還透支了信用卡。

手機是孟孟的一個女朋友帶去的。孟孟說，她發現女一號有一個經紀人，一個助手，一個企宣和一個司機全程跟著她，而她什麼都得自己來，很不方便，所以要從北京調一個朋友過去給自己當助手，順便讓她看看拍戲是怎麼回事。孟孟收到手機以後很興奮，爬在山頭上給我打了一個電話，我說，妳爲什麼要爬到山頭上？

孟孟說，因爲我們拍戲的那個地方信號不好，我怕打一半斷了，你這麼敏感悶騷的人肯定覺得很掃興，所以我特地爬到了山上，我可是爬了半天。而且我得馬上爬下去候場了，不過我現在有助手了，我的助手會叫我的。

我說，孟孟，妳這麼懂得人情世故，妳一定會成功的。

孟孟說，嘿嘿。

我覺得自那個時候起，我內心開始對這個女人開放。我對她的短信內容開始越來越長，有時候走在路上，還會突然發一句，這裡天雨將至。

在一個月以後的一個晚上，我突然接到孟孟的電話，孟孟對著我抽泣不止。我說，怎麼了？孟孟說，我實在忍不住了。我其實很早就發現了，這是一個他媽的野雞劇組，但是我怕你笑話我，我就沒有說。

我對孟孟說，孟孟，妳說。

孟孟說，你等等，我爬山上去。

我說，不要了，大半夜的這鬼地方，妳就不要爬山上去了。

孟孟說，那我爬到屋頂上去。

我說，妳別爬了，妳快說。

孟孟說，你是要寫稿了麼？

我說，不是，我是想知道到底怎麼回事。

孟孟說，這樣的，其實這個女一號是這個電視劇投資人的女朋友，導演和現場製片什麼用都沒有，那個女演員拼命的改我的戲，她覺得我的戲太出彩了，我說那我們換一個角色演，我這個只是一個玩笑話，你知道我其實很想和她搞好關係的，但是第二天導演和副導演就來找我談話了，說讓我不要帶著情緒去表演，並說改戲是編劇的意思，讓我不要瞎想。你知道麼，我和他們簽合同的時候，說好了是二十五集，但是我現在知道他們最後要剪輯成三十集，那五集的錢他們都不打算再給，而且說的，先付一半，拍完再付一半，到現在都還沒有付，他們說，因爲我是新人，要看我最後表演得到底怎麼樣。難道他們不知道我表演得怎麼樣麼，還有，這裡多熱啊，而且我們前兩天正好拍到一場穿越的戲，要穿古裝，女一號拍得特別慢，老是出錯，我在旁邊候場等得熱得不行了，趁他們布光的時候，我和女一號說，我實在熱得不行了，而且我還帶著妝，再這樣下去就化了，我能不能去妳的商務車裡休息一會兒。劇組就給她配了車。她說，當然，快去吧，咱們是好姐妹這還用問，以後妳想用就用，不用來問我。我就上車了，還沒坐兩分鐘，她的經紀人就跑過來，說女一號的很多東西都放在車裡的，讓我不要亂上來。她肯定知道的，我當時跟那個女的說的時候，她就在旁邊不到兩米，她肯定能聽見的，她就是故意要轟我下來。我都快氣死了，但是我一下都沒有哭。我真的一下都沒有哭。喂，你聽著麼？

我說，我聽著。

我說，我要過來，藉著採訪的名義曝光了他們，我讓他們知道欺負我女人有什麼下場。妳等著。

孟孟在電話裡又哭了起來。孟孟說，雖然我經驗不是很豐富，但我覺得這部戲拍得可爛了，就是投資人想捧他女朋友的一部戲，什麼都爛，導演一點經驗都沒有，我們住的可差了，吃的也可差了，前幾天連發電車都沒有，打光都是用的自然光反射，導演說，天好，正好。後兩天發電車來了，我想這光不是不接麼。現在劇組可亂了，都欠著錢呢，導演也都沒拿到錢，前兩天編劇都衝到組裡來了，說自己收不到錢就不讓拍，一看見我們拍，編劇就非要入畫，拉都拉不住，大家又都不敢打他，因爲他說他要了個心眼，最後兩集在他手裡，沒有那兩集，休想把整個電視劇拍完整。你猜後來怎麼著，後來投資人把一半的錢給了他，而且自己編了後面兩集。這個投資人也眞夠窮的，這麼一個三十集的電視劇，他就投了五百萬。說超支一分都沒有。其中一百萬還是女演員的片酬，因爲他說他女朋友的身價不能掉。一集才十多萬，這個怎麼拍啊，用手機拍都不夠。你快來吧，就說這個劇組欠薪，因爲他們欠的人實在太多了，所以也不知道到底是誰爆料的。現在的燈光師都是當地的民工，我們是錄同期聲的，他們在我演哭戲演得最高潮的時候手機居然響了，從那以後我就再也沒有哭出來，導演就一直罵我。我不想演了，我要回來。我要回來照顧你。

我說，妳不要回來，我過去幫妳報仇。

這可能是我入行以來唯一能寫的負面報導，以前我寫過一些劇組的負面報導，但是都被公關掉了，這個小劇組應該不具備公關能力。我坐了半天的綠皮火車，停站了十九次，終於來到我女朋友拍戲的地方。我出現在現場的時候，孟孟正在演一場生死離別的戲，她對男主角說：

我知道你最後不會和我在一起，但是不要緊。現在我要走了，我再也不會回來，你會想我麼，你會想我的，你的眼神已經告訴我了，你閉嘴，你什麼都不要說，我聽你說的已經說夠了，你一開口，我就覺得你要說謊，你還是閉嘴好一些，因爲我不會說謊。我不會。你懂麼，你這樣的白癡，怎麼會懂。

說完往前走兩步。突然回頭，說，冬棗，我愛你，我給你最後一次說話的機會，無論是眞的假的，我都相信。

接著往前一步，孟孟用手堵住男主角的嘴，說，冬棗，你還是不要說了，你的每一句話都會割在我心裡。

男主角緊緊的抱住孟孟，我身子一哆嗦，增加了我要搞垮這個劇組的決心。

孟孟雙手捧著男主角的臉，癡癡的看著他，說，冬棗，你眞狠心，你眞的一句話都不願意說麼。

作爲一個旁觀者，我已經被這台詞糾結到膀胱發脹，我很佩服我的女人可以鎖定的全部背誦下來。導演喊了一聲好，但是在此之前，在孟孟說完最後一句台詞以後，燈光都已經先撤了。接下來的戲是被女一號撞個正著，這場戲裡需要孟孟的肩進行表演，所以孟孟還不能收工，一個戴著眼鏡的胖男子在後面舉著巨大的提詞板給女一號看。燈光就緒以後，導演喊道，現場安靜，準備，開機。

女一號先看了看提詞板，再看著男主角，說：你在這裡幹嘛？

導演大喊一聲，好，過。轉場。現場陷入無序混亂。孟孟用眼神看了我一眼，那是匆忙的人群裡充滿幽怨和愛戀的一眼，我頓時心軟了，恨不能衝上前去擁抱。但是我知道我此行不能暴露和孟孟的關係，否則新聞出來以後勢必對她不利。現場的製片熱情的招待了我，說歡迎歡迎，導演在上廁所，女一在換衣服，我先來給你介紹一下我們的女二號，孟小姐。來，孟孟，過來。

孟孟沒有表情的走了過來。

我伸出手，說，妳好。

孟孟伸出手，上下打量著我，充滿狐疑說，你好。然後轉頭向現場製片，現場製片連忙解釋道，哦，這位是記者，陸先生。他在我們劇組兩天，要寫一個報導，爲我們宣傳宣傳，妳要配合。

孟孟又伸出手，露出笑意，說，哦，你好，叫我孟孟。

我恍然如夢，她眞是一個好演員。

一直到了晚上，他們收工，我偷偷溜進孟孟的房間。和孟孟同住的是她的助手，那個女朋友，但是正和攝影師談戀愛，住去了別人的房間，正好我們不用爲此發愁。關上門的那一刻，孟孟恢復到了以往的模樣，勾住了我的脖子，把我摁倒在床上，說，我配合得好不好，親愛的？

我說，很好。妳的戲很好，就是台詞有點糾結。

孟孟說，這已經算好的，你是沒看這個故事，最後我居然得白血病要死。媽的我能得一點新鮮的病麼？

我說，那爲什麼妳要接這個戲？

孟孟說，因爲我不想放棄任何機會嘛。萬一歪打正著了呢。

我說，妳累不累？

孟孟說，累，我們趕進度，明天早上五點就要起來化妝，要拍一場在夕陽裡牽手漫步告別的戲。

我說，可那是早上啊。

孟孟說，嗯，是啊，但是導演說了，由於不可控制的因素太多，很怕趕不上夕陽，但是如果放在第一場戲，朝陽還是能趕上的。所以我們就拍朝陽。

我說，可是那太陽是升上去的。

孟孟說，哦，所以我和男主角牽著手面朝朝陽倒著走，後期倒放一下就對了。

我驚爲天人。

但是那個夜晚下雨了，我想早上將不會再有朝陽。雨水落在這個破旅店的頂棚上，在無光的黑夜裡，我就像回到了小時候家裡的床上，孟孟一動不動睡在我的懷裡。我想，等她拍完這部戲，我就可以帶她去我童年的地方看一看，告訴她，我曾經是在這裡打彈子，我曾經是在那裡穿聖衣，這是十號的家，這是臨時工哥哥的家，這是丁丁哥哥的墳墓，這是以前紫龍的家，這是我的小學，這是我爬過的旗杆，這是我登上過的舞台。我也已經有很多年沒有回去了。我其實不是爲工作所忙碌，只是所有兒時的朋友們都離開了故鄉，我想，我們這輩子是難以再聚起來了。爲何我們都要離開故土？但我能感慨什麼呢？因爲我也離開了。我只回去過一次，陪著幾個老人打了一個下午的麻將。但無論如何，我要帶著我女朋友去看一看，我的生命裡能講的故事不多，如果對著場景一一說來，是不是更好聽？

我醒來的時候，孟孟已經離開了，我打了她的電話，她說她早就已經拍到第三場了，看我睡得太死就沒叫醒我，讓我一會兒去那裡隨便瞎逛逛，她給我引見幾個被拖欠工錢最嚴重的工作人員。我說，好，然後又抱著她睡的枕頭睡了過去。雨水始終沒有停過，我都不知道我身在一個什麼地方，我也懶得再看窗外，我早就想通了，人們埋怨一成不變，但也埋怨居無定所，人們其實都無所謂，只是要給日子找點岔子而已，似乎只有違背現在的生活，才眞正懂得了生活，生活就是一個婊子，一個戲子，一個你能想到的一切，你所有的比喻就往裡面扔吧，你總是對的。因爲生活太強大了，最強者總是懶得跟你反駁，甚至任你修飾，然後悄悄的把鍋蓋蓋住。現在我從來不去想這些中學生們熱中的問題，我只是在想念孟孟，我想我快藏不住了，我就是一個玩捉迷藏的時候喜歡躲在床底的那個人，而孟孟其實是一個喜歡把床底留到最後看的人。

兩天以後，我回到了城市裡，寫下了控訴這個劇組的一篇專題報導，這篇報導給了我一個版面，主編室甚至還撥出了其他的記者力量幫助我豐富這個專題，主編說，這個選題很好，又有揭露，又不得罪不該得罪的人，又有關懷，對現在的孩子又有教育意義。很好。你要跟進這個劇組，看看他們欠的工資到底發了沒有，他們混亂的拍攝狀況有沒有改善，他們最後片子有沒有電視台來買，這兩天你就做這個就行了。

孟孟打電話告訴我，說，你眞厲害，我們的工資都發了一半了，還有別的記者來我們這裡採訪，我光今天就接受了五六個採訪。

我說，可是我發的是負面新聞。

孟孟說，就我們這個野雞劇組，能有負面新聞都已經很不錯了。

我說，可是我的目的是要……

孟孟說，你等等啊，我去接一個採訪。

這和我想的完全不一樣，我本以爲他們會承受著巨大的壓力，並且就地解散，但是我想得太簡單了，只有要臉的人才能感受到壓力，類似的劇組對這樣的新聞沒有任何壓力。我翻看了幾張報紙，還有一張報紙採訪到了這部片子的投資人，投資人說，他也正在籌款，自己完全是處於對理想的追求才拍攝這部片子，但是過程中出了一些問題，縱然這樣，整個劇組都沒有停工，讓他很感動。因爲在傳媒業見多了喪事喜辦的案例，我心中倒是沒有什麼大的震動，只是想，說不定這也是一件好事，只是我以自己的力量幫助到了我的女人，我的力量僅限於此，她這樣的一個女人，在前行的路上，總是需要不停的搭車，有些車送她去目的地，有些車還繞點彎路，有些車會出點事故，而我只是那個和她一樣在走路的人，我走得還比她慢，只是她在超越我和我並肩的時候，我推了她一把，僅此，這是所有我能做的，而後，她離開了我的臂長範圍，我只能給她喊幾句話，再遠，她就聽不到我說什麼了。我不想走得快一些，因爲那是我的節奏，在那個節奏裡我已經應接不暇。

孟孟依然熱絡的和我通著電話，我願意說得更多一些，我以前聽得夠多。我也見過不少的藝人，他們的共通點就是他們的世界裡只有他們自己，他們似乎對他人都不感興趣，他們時常把自己看得比天重，時常把自己想得比雲輕，他們時而自信，時而自卑，也許是因爲他們的職業本能告訴他們，縱然這個世界天翻地覆，你也要站在舞台上把自己那齣戲演好。孟孟已經很會關心人，她時常問我，餓不餓，熱不熱，悶不悶，冷不冷。在我們戀愛的晚期，我開始對她說很多話，並不是情深說話總不夠，並不是我有那麼多的傾訴欲望，我只是想把一個盡量完整的自己告訴她。我開始對她說我的往事，我對這個世界的看法，她依然對我說她的瑣事，她對這個劇組的看法，我們就這樣前言不搭後語說了一周，有時候我顧不上她說什麼，我要把我自己的話都說完，因爲我太敏感了，自從丁丁哥哥離開以後，我對一個人的即將離開有著強烈的預感，雖然多說話從不能挽留人。

兩周以後，在孟孟回來三天前，有一個中年男子找到我，當他見到我的時候，他握住我的手，說，謝謝你，你幫了我們大忙。你指出了我們的錯誤。

我說，你是哪裡？

他說，我是來自《大將柔情穿越古今》劇組的總製片。

我回憶了半晌。《大將柔情穿越古今》是孟孟接的那部戲，由於孟孟覺得這個名字很傻逼，所以總是刻意不提起，導致我自己都忘記了。可能是我從小閱讀習慣的原因，我其實還是看不起這些電視劇劇組的，鄙視是上天賦予每一個平凡人的權力。但是他們能夠自豪的說出自己的片名，說明了他們也是眞心混著這個行業。我說，你找我什麼事情？

他說，我這次來，主要是兩個事情，一個事情是要感謝你，你上次寫我們的這個稿子，讓我們受到了普遍的關注。現在已經有電視台來聯繫我們要買片子了，我們後期的製作質量也會相應的提高，因爲還追加了投資。這些都要感謝你，所以我們特地準備一點禮金。另外有一個事情是，畢竟你是第一個報這件事的人，現在我們拍攝到了尾聲，我們計劃開始第二波的宣傳。

我說，我不是來給你們做宣傳的，我是來揭露眞相的。

他說，對，好，宣傳就是這樣的，你一心要做宣傳，反而沒有人關注，大家看的軟文太多了，如果你抱著新聞的觀點來做宣傳，這個宣傳就能做得出乎意料。

我說，但你們這個劇組沒有什麼新聞價值。

他說，有。我們有能吸引眼球的新聞。

說著，他從兜裡掏出一支鋼筆。對我說，昨天晚上新鮮出爐的，我只告訴你，你可是有獨家新聞了，我們可是互相幫助啊。

我說，你要紙麼？

他說，你看看，你這個記者同志，這不是鋼筆，我擰開它，你看。

他擰開了鋼筆，赫然露出一個USB接口。他打開自己的筆記本電腦，連接就緒後，對我說，給你看看，什麼叫新聞，但是我只能給你截圖，你這裡新聞先發了以後，我還要給各個網站視頻。我已經幫你想好了新聞標題，《大將柔情穿越古今》劇組又爆醜聞，製片人潛規則女二號。我可是把自己都搭進去了。

我快進著看完了視頻，問他，作爲新聞，這個還需要詳細一點的細節，你怎麼跟人家忽悠的？

他用鼠標把視頻往回拖了拖，我關掉了音頻。他說：哈哈哈，這個就是八卦了，你就不用寫出來，我就告訴這個女孩子，雖然這個電視劇劇組一般，但我作爲一個製片人，還是一個比較有路子的製片人，妳參加這樣的電視劇是演不出來的，但是我回去以後，就要開始做一部電影，妳知道婁燁吧，《蘇州河》，《頤和園》，這是他南北中三部曲裡的第三部，《頤和園》講的是北京，是北，《蘇州河》講的是上海，是中，還有拍南方的，在海南，片名叫《鹿回頭》。《鹿回頭》是一部衝擊戛納電影節的文藝片。拍完國內都不公映，直接送電影節，得獎以後再公映。我決定力保妳演這個角色。然後我就上了她。

我說，好上麼？

他說，調校得不錯，你自己看就知道了。

我轉過頭，背對著身問他，那你怎麼向人家女孩子交代呢？又沒有這個片子。

他說，我就說上級部門不讓拍這個電影，這就成了，反正政府沒少幹壞事，也不差背著一個黑鍋。這種女孩子，不用解釋那麼多的，自己明白著呢，吃虧了也不會吭聲的。就是我當時差點自己笑出聲來，鹿回頭，哈哈哈，我眞是臨時想出來的。

我說，你們幹製片的，天生就這麼跟人自來熟麼？

他說，那是。

我問他，這個影像就一份麼？

他說，U盤裡一份，我電腦裡還留了一份，一共兩份。

也許當孟孟成爲了一個大明星，她會感激我所做的一切。我一句話都沒有說，直接從孟孟的世界裡消失了。其實孟孟回到這個城市的第十二天，我才獲得了自由。我選擇了不和任何人打招呼離開了這裡，我沒有什麼可以帶走的，若能，我還願將這些記憶都留在這裡。我並不是不再關心她。我以前看好她，總覺得她可以紅，那是因爲我陷在自己對自己下意識的信任裡。按照劣質電視劇的情節發展，孟孟應該紅透大江南北。可當你有美好憧憬的時候，生活就變成了一部文藝片。在多年以後，我又一次看見她。我們平靜的吃了一個飯，她已經徹底被這個城市俘獲，但卻從來沒有正經接過一個戲，她的青春已近尾聲，她的理想也無可能，但我想，更讓她痛苦的是，她有兩個同學紅了。我也早釋懷了。人若然願意，連生命都可以不要，沒有什麼是非要不可的，我們只是在此一時裡痛苦翻騰著，然後在彼一時裡忘得乾乾淨淨。我決定把我所知道的都告訴孟孟。我爲什麼不告而別，我想告訴她，我已經原諒妳了。我在想，當她撲到我懷裡痛哭流涕的時候，我應該怎麼安慰她，但至少我們依然不用擔心有記者會拍照。

我平靜的敘述完了一切。

孟孟瞪大眼睛，看著我，說，你知道麼，如果當時這段視頻能發出去，也許我早就紅了。

我看著她笑了。

我和她的感情裡，其實從來沒有出現過什麼第三者。現實是最大的第三者。這還無關乎柴米油鹽，僅僅和自己卑微的理想有關。我究竟喜歡她麼，我至今都不知道。當我要對她敞開自己的時候，她把我胸前的鈕扣繫緊，輕輕說道，NEVER DO THIS。這是她很喜歡說的一句英語，不知道她是從哪一部電影裡學來的。

我送她回去的路上，經歷了一場夜半的堵車，那應該是一場慘烈的事故，一公里外一台汽車在夜色裡燃燒著，把夜色映襯得更加慘澹，火光邊緣的光暈映在她的臉上，她說，我其實已經改行了。

我說，行了，不用往下說了。

她充滿渴望的凝視著，望著遠方的黑煙和火光，她說，我恨不能撲進去。

娜娜搖了搖我的肩膀，說，我要吐。

我說，娜娜，妳等一下，我稍微停穩了妳再吐。

娜娜說，我其實不是那麼容易吐的，但是因爲堵車了，老是一停一走，一停一走，我就吐了。你知道麼，我以前有一個姐妹，一個不算特別好的姐妹，我也就和她見過幾次，但是我們雙飛過一次，她的身材還不錯。她和我一樣懷孕了，但是她的反應特別大。

我說，後來呢？

娜娜一聳肩，鄙夷道，那當然是做掉了。我勸了她好久，她說，妳別勸了，我腦子裡就從來沒有動過留下來的念頭。也是哦，稀鬆平常的事情。但我就不能做這樣的事情。這是我做人的原則。那就是殺人。說起殺人，好恐怖的，我在武漢工作的時候，我們有一個和客人出去的小姐被殺了，還好，我和這個人也不熟悉。你有沒有這種經歷？

我說，是殺人的經歷還是被殺的經歷？

娜娜說，哎呀你這個白癡，是有沒有朋友突然間就死掉的經歷？你看，我對你說了那麼多的事情，你就一直在聽啊，想啊，你也不和我說你的事情，你到底是幹嘛的？你有沒有什麼可以聽一聽的故事？

我說，不講，怕可以講到目的地。

娜娜說，那算了，我怕到了目的地你還沒講完，反正到了我就走了。

我說，妳能走去哪裡？

娜娜說，我不知道，反正我不能再做那一行了，會傷到寶寶了。但是也沒有人可以讓我工作，誰那麼傻啊，給我發兩個月工資就放產假了。可是我的積蓄又被罰了，所以我到了那裡，打幾個電話問一下，我想我會去投靠孫老闆。我以前聽說過，孫老闆就關押在你要去的那個地方的監獄，出來以後就在那裡做生意。

我說，妳怎麼找到他？

娜娜一笑，道，我有他電話。

我說，妳先聯繫一下，萬一他電話號碼換了呢？

娜娜說，我不，我要到了那裡再聯繫。

我問道，爲什麼？

娜娜說，因爲換，或者沒換，這個事情其實是已經存在的，我早知道，晚知道，反正都一樣，改變不了什麼結果。我們一路上還有好幾百公里，萬一打不通，我難過好幾百公里。我不。

我說，妳眞是自欺欺人特別有一套。

娜娜說，那是，要不然我怎麼保持樂觀。

車流漸漸開動，想來前面事故已經處理完畢。娜娜一下子活躍起來。往前蹭了大約十分鐘，事故現場展現在我們的眼前。由於事發地是一個微微的上坡，所以好多淡紅色的液體往下流。我說，肯定是事故現場在沖洗。

娜娜說，這麼多血。

我說，要不然怎麼會堵那麼久。

娜娜說，那可能是死人了。

我歎了一口氣。

過了兩台遮擋在我眼前的公共汽車和卡車以後，眼前一台大卡車側翻在路上，滿地都是西瓜的殘骸，陽光灑在一片紅色的瓤上，周圍的色溫也驟然提高，我見娜娜展露了笑容，她說，虛驚一場。

我說，娜娜，妳知道麼，「虛驚一場」這四個字是人世間最好的成語，比起什麼興高采烈、五彩繽紛、一帆風順都要美好百倍。妳可懂什麼叫失去？

娜娜說，我沒有什麼可失去的。我就在意肚子裡的孩子。這是我全部的東西。

我說，他是妳和他爹的共同財產，你二十三條染色體，他二十三條染色體。

娜娜問我，什麼是染色體？

因爲自身理論基礎不扎實，我無法回答她這個問題，我只得告訴她，這個孩子的基因，妳占一半，他爹占一半。

娜娜帶著眞心的失望說，啊，我只占一半啊。

我說，是啊，妳還想占多少？

我認爲，怎麼都應該我占的多吧。因爲是在我肚子裡，不應該是二十三對二十三，應該是……二十三加二十三等於四十六，我覺得最少我應該有二十六，孩子的父親是二十。

我說，娜娜，這個不是公司的股份，我知道妳想控股，但是這個眞的是沒有辦法商量的。

娜娜撫了幾下肚子，說，哦。

前路順暢平坦，我問娜娜，娜娜，妳的理想是什麼？

娜娜說，我說過了，我的理想就是在桑拿裡上班，安全，賺得多。但是我一直在洗頭店裡，我也不知道爲什麼。就算後來到了酒店裡，就是碰到你的那種酒店，也只是在美容美髮部，不是在桑拿部。不光抽水少，起價低，而且還不安全，成天提心吊膽，一旦門外有什麼動靜，都緊張得不得了。我其實去過桑拿工作，這個桑拿還不錯，可是我就去了一天，我就給送回來了。

我笑道，什麼桑拿，這麼罩不住。

娜娜說，名字我都忘記了，反正桑拿就這些個名字，什麼皇宮啊，什麼泉啊，是在重慶，氣死我了。不過重慶我倒是挺喜歡，彎彎曲曲，上山下山，我一直迷路。我就喜歡讓我迷路的地方。

我說，爲什麼，妳不是沒有安全感麼？

娜娜說，嘿嘿，反正再迷路也出不了重慶，我做來做去做這個，套路也就是那麼幾個，走個路你還不能讓我走出點新鮮感來啊。

我說，重慶我也去過，但是我就不迷路。

我想起我在重慶的生活。離開了孟孟以後，我直接去了重慶。因爲我要重新離開一個城市。到了重慶，我又找了一家報紙工作。那個時候四川的報業還算不錯，我覺得手腳也能更加自由一點。和一切新上任的公安局長一樣，我去那裡的第一個新聞報導就是去暗訪了一個洗浴中心，因爲這些事情，又安全，又無後果，又出新聞，還能獲得無知百姓的交口稱讚。

我在我住的地方溜達了好幾圈，鎖定了一個桑拿，桑拿的名字叫海上皇宮。我年輕氣盛，在漂泊的旅途中一旦想在一個地方歇歇腳，還是希望能和這些歇腳的地方有盡少的隔閡。和一座城市交往與和女人交往是一樣的，和女人必須做幾個愛才能眞正的去掉隔閡，在一個城市裡也必須找幾個桑拿，這是對一個男人來說，瞭解一個城市最快速最貼切的方法。反正據我所知，我身邊所有的男人都是這麼幹的。幹是生命裡永恆不變的主旋律，桑拿是幹永恆不變的主戰場。當然，這些都是在有女朋友之前。當你愛上一個人，你就會戒了這些，對著一個人專心致志，埋頭苦幹。海上皇宮讓我瞭解了重慶，但是我過河拆橋了。

在我最後一次去了海上皇宮以後，我寫了一篇稿子，憑藉著自己的記憶，以記者暗訪的名義寫到了這家桑拿的色情服務，當然，和所有類似的無恥稿件一樣，我的結尾是：最後，記者以身體不適的理由，離開了這家桑拿洗浴中心。

在我離開這個行業以後，我還經常看到這樣的新聞，先是記者覺得累，需要按摩，然後是記者到了一個洗浴中心裡。我想這個國家裡不會有這麼沒有生活常識的記者。等到了洗浴中心以後，必然是被服務生引到了一個包間，在這個包間裡，女技師先是假模假式的給記者按摩了三分鐘，然後要麼手滑向記者的私處，要麼按摩師問記者，需要不需要特殊服務。然後每個記者必然很萌的問，都有些什麼啊？每個技師必然很誠實的告訴記者，什麼都有。然後記者就要了一個什麼都有。在技師把衣服全部脫完以後，記者必然會身體不適或者朋友出事，然後離開了洗浴中心，回家就寫了這麼一個稿子。

就像事後，我譴責了自己很多年一樣，每次看見這樣的新聞稿，我都心情難以平靜。我覺得這是錯的，但正如人憋的時間久了要去桑拿一樣，記者也會憋，我深知什麼都不能披露的痛苦，所以最後憋出了問題，披露了最能解決人民群眾憋這個問題的場所。這是一場眼角和眉梢雞巴和蛋的誤會，我不怨恨他們，我只是自責我自己。

尤其是看著身邊的娜娜的時候，我深知不是每一個小姐都像娜娜一樣唱不口水的歌，說不掉渣的話，我也深知婊子的無情，正如戲子的無義。但這對婊子和戲子都不公平，我們的一生很難對婊子動情，很難對戲子動心，縱然我對婊子動情，婊子也很少贈我眞情，縱然我對戲子動心，戲子也未必還我眞心。人生中各有一次已經是活出重口味，在這樣個別的事情中，受傷害的概率當然很大，正如被女教師傷害，被女白領傷害，被女學生傷害，都是一樣的，婊子和戲子無非帶著更濃的粉底而來，讓我無從知道她們的眞面目，而揣測一個人的喜怒哀樂總是容易出錯。這兩個名詞從來不是對妓女和演員這兩種職業的稱呼，而是女孩子兩種生活狀態的描述。驕陽烈日，秋風夏雨，娜娜坐在我的身邊，她是個什麼，我並不關心，她就和我副座的安全帶一樣，是一場旅途的標準配置。既然給了汽車一個副座，那就讓它坐上人，只需要一個不討厭的人。至少娜娜從未開口讓我不好受。

娜娜突然在座椅上來精神了，支起了身子，轉過來對我說，哦，我想起來了，我只工作過一天的那個桑拿叫海上皇宮。有個報紙把我們曝光了，我們就停業整頓了，我就又回到了宜春。

我們停車吃了一碗麵，我給娜娜加了兩塊大排，一塊素雞，兩個荷包蛋，榨菜肉絲還有雪菜，麵館的老闆說，朋友，這是我開店以後第一次看見有人加那麼隆重的澆頭，你對你的女朋友眞好。

娜娜說，大家都在看我，我都不好意思了。我這碗麵太豪放了。

我說，沒事，娜娜，多吃一點，浪費一些也沒有關係。

娜娜說，不好，好浮誇的。

我說，娜娜，從現在起，咱們聊天的時候，妳就別提妳的工作了，就像一個普通女孩子一樣說話，行麼？

娜娜說，我忍不住，男的和我聊天都是聊這些內容，關心我一點的就問我，妳今天上了幾個鐘，不直接一點的就問我，妳今天接了幾個客，我覺得很自在，沒有什麼不習慣的，我沒有什麼固定的異性朋友，我也不喜歡交男朋友，我的姐妹們經常交到各種各樣的男朋友，她們常去玩，但是我不喜歡玩，我雖然都去過，但只是去開開眼界，我去了一次以後一般都不去了。我是不想幹這個，但是我是真的什麼都不會。你讓我去做服務員，端端碟子，我也行，一個月八百，做幾個月以後變成領班，一千五，我不是不夠花，而且還安全，也能積蓄起來一些錢，但是你不知道，我已經幹這個了，我洗不白自己的，你讓我去美國都一樣，我幹過的事情，就是幹過了，我就算在端碟子，我也覺得自己是個小姐，那我何必呢，還折磨自己，我試過幹別的行業，不行的，我就算找老公，他也一定要知道我幹過這個，但我又一般不會喜歡上嫖客，只有孫老闆了。孫老闆其實挺有品味的，我本來只是愛他，你知道愛這個東西，很輕鬆的，女人隨隨便便就愛死誰了。

我打斷她的話，說，嗯，我能理解。

娜娜接著說，孫老闆，我本來就是喜歡他，你說愛他也一樣，其實喜歡和愛能有什麼區別啊，但是有一次孫老闆給我們一起過年，在一個KTV裡，他一開口就唱了一首竇唯的歌，他本來以爲他要唱個《縴夫的愛》，他唱了一個搖滾的歌誒，我當時就決定，我可以做他的人，不管是什麼名分，都可以。你懂麼，這才是眞正的愛，做另外一個人的人。

我說，快吃，娜娜，妳的麵要脹開來了，妳的麵一脹開來，妳的澆頭就要掉桌上了。

娜娜笨拙的攪拌著麵，說，眞的太多了，來，你幫我夾掉一點。

我問她，娜娜，其實把自己洗乾淨很容易的，每次我覺得自己幹了讓自己不滿意的事，我就徹底換一個地方，那就沒有人認識你了，你能清零再來一次。

娜娜說，你還清零呢，反正我清零不了。不過我如果生了一個女兒，她就是清零的，我可不能讓她幹上這個。這個我跟你說過吧？

我說，嗯，妳強調過。妳說要送到朝鮮去給留學。

娜娜最終沒有吃完那碗麵。我們拐上加油站加滿油，娜娜去加油站上了一次廁所，她說，孕婦是不能憋的，你每看見一個廁所就要讓我進去。

我說，妳不會再跑了吧？

娜娜說，不會。你會不會跑？

我說，不會。

娜娜說，沒事，你跑吧，我無所謂的。我在哪裡都能活。

我說，帶妳找到孫老闆。

娜娜說，嗯。不過你放心，我不會拖累你的，你是我說過最多話的客人，我對你講得最多。

我說，我不是妳的客人。

娜娜一驚，道，難道你想當我的主人？

我說，那更不是。朋友。

娜娜一笑說，上過床的朋友？

我說，妳是不早說，早說妳有了，我怎麼可能上妳。

娜娜說，我也後悔，我早說有了，你就不要我了，我就回去了，看著是損失了幾百塊錢，但其實是節省了兩萬塊。都怨我沒和你說清楚。

我說，娜娜，其實妳當時一進門就說清楚，我也會記得妳一輩子的，妳肯定是世界上第一個上門先說自己已經懷孕的小姐。

娜娜笑笑，說，你看，攝像頭照著我們。

我抬頭一看，有一個碩大的攝像頭，正對著加油站便利店，盡頭便是廁所。我下意識的躲避了一下。

娜娜說，來，我們拍個合影。

我們站在便利店的攝像頭前，各自微笑，留下五秒的視頻。

我問娜娜，這算是什麼？

娜娜說，這算是安全感中的一個分支。叫存在感。我書裡看的。

我說，妳還眞讀過一些書。

娜娜說，那是，我閒下來還是會讀點雜誌的。不過我都是讀一些女性雜誌，情感雜誌，心理雜誌，時尚雜誌，最多就這樣了，太深的那些，和新聞什麼社會啊政治啊有關的那些，我都不喜歡讀。

我說，是，要不然妳也不會把妳兒女送朝鮮去了。

我們買上了水和一些餅乾火腿腸，開上「一九八八」上路了。冷冽的夕陽正要落下去。我說，娜娜，妳要睏就睡，妳要不睏，就講一個妳的故事。

娜娜說，我講了好多故事，但你從來沒講過，你一直在想。我們得交換，你講一個故事，我也講一個故事。你先講。

我說，好，我先講，我給妳講講我的故事。在好久之前，我有一個女朋友，一個叫劉茵茵，劉茵茵是我第一個初戀的女朋友，我到現在還挺喜歡她。我和劉茵茵在小學的時候就認識，我在小學的時候剛剛情竇初開，就喜歡上一個穿藍色裙子的女孩子，經過了多方考察，我檢查了幾年眼保健操，把這個學校都查了一個遍，我終於確定了那個我晃到過一眼的女孩子就是劉茵茵，劉茵茵唱歌特別好，家境也好，當時大家傻了吧唧喜歡模仿，她和其他三個女孩子組成了《我和春天有個約會》那四個什麼，我沒看過這個電視劇。

娜娜打斷我說，我也組成過，我也組成過，當時我也小，我們幾個唱歌好的就模仿那四個姐妹，不光這樣，我們還給自己起了自己的藝名，我到今天還記得，因為號稱姐妹麼，所以都姓柳，我叫柳萱冰，還有三個叫柳子若、柳月瑤、柳雪瀅。這種幼稚的事大家都幹過。然後呢，你說你的。

我繼續說道，但我小學的時候沒有去追劉茵茵，一直到高中，我才開始追她。她還給我取過一個外號，就是因為檢查一次眼保健操，她叫我反革命，從此以後，一直到高中，我都叫反革命。但這個問題倒是不大，就是我憋到了高中才開始追她，妳知道我小學就喜歡她了。

娜娜問，爲什麼？爲什麼下手這麼慢？

我無奈道，女孩子發育得早，當時我才一米四，她高我大半個頭，我花了五年多時間，終於比她高了，然後我就開始追她。我不知道這算是追到了呢還是沒有追到。反正我是眞的挺喜歡她，第一次談戀愛總是這樣，不光想把自己掏空，還想挖地三尺。後來到大學，我去了外地，她是女孩子，家人要求她留在本地的學校，她說，沒辦法，她爸媽太漂泊了，所以現在恨不得讓自己的孩子就鑲在牆壁上那樣生活。妳理解吧娜娜，就是安定。後來我就走了，劉茵茵還在那裡，但我下手得太晚了。劉茵茵和我不一樣，我是第一次，所以我傻逼，她以前還和外校生談過一次戀愛，但後來人家甩了她，所以她就有防備，她說不能讓我太容易的得到她。這句話大致說明了她上一段戀愛的情況。當然我很難受，但因爲我自己都還沒得手，所以我也不是很糾結。她就讓我牽了手，還是這樣牽，不能那樣牽，來娜娜，我給妳示範一下——

娜娜伸出了手，我將我的手指錯開嵌在她的手指間，握著她，我說，這樣牽手，是不行的。

娜娜不解的問我，爲什麼？

我說，不知道。

娜娜說，可能和我們一樣，有些人自己總是有一些很奇怪的講究吧。

我說，她覺得這樣牽手互相嵌著感覺太緊密了。

娜娜說，哦，可能她覺得你的手指幹了她的手指。

我說，也不知道。反正我還挺小心翼翼的，我是特別喜歡她，一點保留也沒有。掏心掏肺的。

娜娜說，哦，那小弟弟有沒有掏出來？

我說，沒有到那個地步。

娜娜輕蔑的笑著說，哦，呵呵，呵呵。

我說，但我不知道，那個時候我還不瞭解女孩子，我以爲這是矜持。

娜娜說，嗯，然後呢，你這個去的時機不對的倒楣蛋。

我說，我要去外地念書了，我特別痛苦，我還想過要不我就別念書了，就在我在的那個地方做做生意出來混混日子，至少還能繼續談下去。

娜娜說，嗯，一般初戀的白癡都這麼想。

我說，妳不瞭解我的感受，妳不知道我找這個女孩子找了多久，在我心裡，她已經不光光是一個女孩子了。

娜娜說，那是什麼？

我說，那是一個符號。

娜娜說，很嚴重。

我說，嗯，很嚴重。

娜娜問我，後來呢？

我說，後來，我還是去了外地，一下子連反革命的外號都沒有了，當然我其實還是挺喜歡那個外號的，因爲那個外號是劉茵茵給我起的。劉茵茵說什麼，我就是什麼，當時我都不知道自己的性格是什麼樣的，一和她單獨在一起，我就暈菜了。劉茵茵說，你知道麼，你就像我的弟弟，可是我需要一個哥哥。

娜娜冷冷笑道，呵呵。

我說，從她的那句話起，我談戀愛的時候就一直在演戲，但我發現每次和我配戲的人都不對。我演哥哥的時候，對方說，你知道麼，你太成熟了，我喜歡像我弟弟那樣的，在一起輕鬆。然後遇上下一個，我就演弟弟，結果一演，演過了，演成了兒子，她又說，你知道麼，你就像我兒子，你別裝可愛，快把你的舌頭收回去，我沒有安全感，我需要人照顧，我要一個像我爸爸那樣的。然後遇上下一個，我就演爸爸，結果人家說，你知道麼，我不喜歡中年男人那種性格的人，但我也不喜歡幼稚的，我要像我哥哥那樣的。我操，我就崩潰了，妳說這些人，一會兒要我裝哥哥，一會兒要我裝弟弟，一會兒要我裝老爹，而我其實就一直在裝孫子，她們這麼喜歡爸爸哥哥弟弟，近親結婚了得了。

娜娜說，這個你也有問題，你不能都這麼想。你可以做你自己。

終於輪到我冷冷笑，我說，做自己，多土的詞，想生存下去，誰不都得察言觀色，然後表演一番。

娜娜說，那你就是一個失敗的演員。你都不瞭解要和你演對手戲那人什麼樣，這方面我經驗很豐富，等以後我慢慢的一個一個教你，可管用了，保證你不會裝錯角色。

我說，後來，我就不裝了，但我也不知道我自己到底是什麼樣的，我就開始有防備，從我和孟孟在一起開始。老子再也不率先掏心挖肺了，每次都發現自己都醉了，人家瓶都還沒打開呢。

娜娜哈哈大笑，而後問我，萌萌是誰？

我回答道，不是萌萌，是孟孟。

娜娜說，孟孟長什麼樣？

我說，一會兒給妳看照片，我有照片。

娜娜又問我，那你最後和劉茵茵怎麼樣了？

我說，我們沒有能夠在一起啊，我們最後一次在壓馬路，我就要走了，她說，我們約定，這條道路的盡頭，十年以後的今天，我們就在那裡碰頭。我對她說，這個路好遠喲，這是國道，到頭估計快到東南西北某一邊的國境線了。劉茵茵說，你肯定到時候忘記了。我說，放心，我記得清清楚楚。

娜娜楞楞的看著我，我本以爲女孩子都會爲這樣的故事而感動。娜娜對我說，你們倆，太傻逼了。

我稍一遲疑，才想起娜娜是見過多麼多世面的人，她閱人就像閱兵一樣，自然覺得這樣的事情不可能。在剛才的那些時間裡，我都忘記了這些，宛如對著一個新認識的舊朋友一樣將故事道來。我眞的是那樣的喜歡劉茵茵，當我的生命裡只能講一個故事的時候，我願將這個故事說出來，這個故事平淡無奇，平鋪直敘，既沒有曲折，也沒有高潮，也就是尋找，相識，分開，就如同走在路上看見一盞紅綠燈一樣稀鬆平常，但若駐足，你會發現，它永遠閃著黃燈。我就一直看著這盞信號燈，在燈下等了很久，始終不知道黃燈結束以後將要亮起的是紅色還是綠色，一直等成了一個紅綠色盲。

在這過程裡，我自然和很多姑娘談過戀愛，和各種良家不良家上過床，但這段感情就好似一種模式，當我重回到那種模式裡，無論我正扮演著一個什麼樣的角色，成功失敗，自信自卑，都蕩然無存。劉茵茵告訴我，我們可以一直通信，一直打電話，你也可以經常來看我。

我說，不了。

劉茵茵問我，爲什麼？

我說，就像一個人快死了，你就要把他冰封起來，等未來的科技也許足以拯救這個人了，你再解凍他，死了就是死了，活過來就活得很好。你今天輸液，明天打針，還是會死掉的。

劉茵茵說，我不是很明白，別人兩地戀不都是這樣的麼？

我不知道是否有一種很奇怪的感情，它深到你想去結束它，或者冰封它。只因它出現在錯誤的時間裡，於是你要去等待一個正確時間重啓它，而不是讓錯誤的時間去消耗它。少則一天，多則一生。我和劉茵茵說，茵茵，我會來找妳的，實在不行，就像妳說的那樣，無論如何，十年以後，咱們在這條路的盡頭見。在此期間，妳就不要再找我了，除非天大的事情。

劉茵茵問我，什麼事情是天大的事情？

說實話，我也不知道什麼是天大的事情，我記得我們剛剛開始交往的時候哦，劉茵茵問我，你們同學都在踢球，你怎麼沒去？我說，見妳是比天大的事情。我想，天大地大，莫過於此。

但劉茵茵也許用地球的五點一億平方公里來計算了。於是她真的再沒找過我。

這只是故事的一半。

還有一半我未打算告訴娜娜。

當我離開了家鄉以後，我時常在看到各種奇怪的灌木的時候想，這若要是劉茵茵在我一旁，我應該如何向劉茵茵介紹這個樹木。對於當時的我這樣從來沒有弄明白自己有什麼追求的人來說，姑娘就是唯一的追求。這種追求是多麼的煎熬，這讓我懂得了人生必須確定一個目標的重要性，無論車子、房子、遊艇、飛機，都比把一切押在姑娘身上要好很多，因爲這些目標從來不會在幾個客戶之中做出選擇，只要你達到了購買標準，你就可以完全的得到它們，並在產權上寫上自己的名字，如果有人來和你搶，你可以大方的將他們送進監獄。但是姑娘不一樣，把一個姑娘當成人生的追求，就好比你的蛋蛋永遠被人捏在手裡一樣，無論這個姑娘的手勁多小，她總能捏得你求死不能，當她放開一些，你也不敢亂動，當你亂動一下，她就會捏得更緊一些，最殘忍的是，當她想去投向其他的懷抱的時候，總是先捏爆你的蛋蛋再說。這種比緊箍咒更殘忍的緊蛋咒，使你永遠無法蛋定神閒。我知道生命裡的各種疼痛，我發現蛋疼是最接近心疼的一種疼痛，讓你胸悶、無語、蜷縮、哭泣。這便是不平等愛情，當你把手輕撫在她們的陰蒂上，總想讓她們更快樂一些的時候，她們卻讓你這樣的痛苦。我常常看見那些爲愛情痛苦的同學們，但我無法告訴他們，人生愛情是什麼，我也正沉淪在裡面，自閉和防備從來不是解決問題的答案。

不過夏天我依然回到了我的家鄉。在此期間，十號是唯一一個和我有通信的人。我其實從未將霸氣的十號當成自己的朋友，但是很奇怪，我總覺得十號是我身體裡沒有被激發的一部分。幾乎所有的人都離開了家鄉，除了十號。也許這片土地是十號所有安全感的來源。毫無懸念，十號成爲了這個鎮上的王者，勢力漸大，但是他很聰明，並不魯莽，他從來沒有給他的幫派取什麼名字，當有小弟提出要給他們的社團叫一個名字的時候，十號告訴他，你這個白癡，你要我死麼，普天之下，只有一個社團，我們就是一幫志同道合的朋友，你懂麼？等到我第二個夏天回去的時候，十號爲我舉行了盛大的接風洗塵，他包下了一個小龍蝦館，我們幾乎吃掉了一條河的小龍蝦。十號說，這個，就是我的兄弟，在我們小的時候，他就是一個聖鬥士，哈哈哈哈哈。現在，他依然是大家的兄弟，在這個縣裡，你就是老二。

雖然是客套話，但是我依然對十號的恭維覺得奇怪。我一直想告訴十號，我去的不是軍工學院，幫不了你造武器的，我爲你們的社團起不到什麼幫助。但是我打消了這個念頭，在這個夏天濕漉漉的夜晚，十號直接抽出一把槍，說，兄弟，你玩玩。

我忙擺手，問他，眞的假的？

十號說，當然是真傢伙，假的帶在身上，那還不被兄弟們笑死。

我說，你哪裡來的？

十號說，你不知道吧，小時候小學的校辦廠，它原來就是生產槍的。我他媽也是到後來才知道，你看，我要了這個型號，六四式，一槍一個。

我看了一眼，說，你開過麼？

十號舉起槍，朝天砰的一槍，回聲在這個小鎮上飄蕩撞擊了三四次，我抬頭望去，刺眼的月光和若隱若現的樹葉搖曳著。十號樂不可支，看著我，說，開過了。

十號摟著我的肩膀，我們坐在一個公共汽車站前，十號說，娘的，這個娘們。我最近撩上了一個女的。哦，我先跟你說，前兩天我還看到了一個片子，一個電影，講少年殺人事件的，但是我被騙了，這根本就不是一個槍戰片，這片子太臭了，太悶了，但我每次都想，我要是不看了，我就對不起我剛才浪費的時間，我就看完了，結果還是個悶屁，三個多小時。但是我裡面學會了一句話，一句台詞，也是一個娘們說，我就把這個台詞發給了我撩的那個女的，我發短信告訴她，我就像這個世界，這個世界是不會變的，來適應這個世界吧，哈哈哈哈哈哈。

我說，嗯，還挺文藝的，撩那些愛唱歌寫東西的女的還行。

十號說，沒想到這個女的給我回了一條，你猜她回的是什麼？

我說，她是不是說，好？

十號說，不是。女的都對我言聽計從，這個還眞有性格。

我說，哈哈，那就是她把你拒絕了，她說，你太霸道了，我喜歡潤物細無聲。

十號說，是這意思，但你猜，她回給我的短信是什麼？

我說，她……是不是回了一個不字？

十號說，這也不是，她把我給她發的那條給發回來了。

我哈哈大笑。十號一臉苦悶說，我要強姦了她，讓我辦死她，她就是我的人了。

我打擊他道，那你還得要先開好房間，灌醉人家。

十號說，不用，普天之下都是床。

我深深被十號所折服。現在的十號和以前的十號還是有所不同，以前的十號只能欺負身邊的小朋友們，我也深受其難，如今他已經懂得恰當的愛恨情仇。我常想，爲何對於那些聰明的人，仇和恨總是能把握得如此好，卻老是栽在愛裡。

我說，十號，你小心把自己栽進去。

十號說，不會的，我知道女人喜歡什麼，我太瞭解了。這些假裝文藝的女人，你知道她們是什麼嗎？

我問他，是什麼？

十號指著對面一個寫著大大的拆字的修車鋪，說，就是這些違章建築，我要強拆了她們。

我笑而不語。十號的性格從小這樣，在他小的時候，周圍有不少人討厭他，但這就是我沒有討厭他的原因，我覺得他就是一個粗製濫造沒有文化的丁丁哥哥，他們是事物的兩個方向，但卻是同一樣事物。十號那樣濫，但有時候能泛出亮光。丁丁哥哥雖然總是充滿光芒，但他也有背對著我們的光斑。

其實讓蕭華哥哥在嚴打時候被關了好幾年的那台摩托車，是丁丁哥哥偷的，因爲丁丁哥哥太喜歡摩托車了。我坐在這台摩托車上隨丁丁哥哥開了兩百多公里，我們過足了癮，開到沒油。丁丁哥哥在另外一個市裡把它賣了。我們又坐長途車顛回了家裡。我們到家的時候已經半夜，我的家人都在尋找我，但是他們看見我和丁丁哥哥一起回來就放心了，丁丁哥哥說，我在帶弟弟體驗生活，我帶他去了市裡的少年宮，那裡正有一個少年活動，還和滑稽戲演員劉小毛合拍了一張照片。

當看見是丁丁哥哥帶我回家的，所有的家人都轉怒爲喜，心平氣和說道，丁丁啊，下次帶小傢伙出去先和大人說一聲。不過你帶著我就放心了。來，快謝謝丁丁哥哥帶你去長見識。

我在旁邊玩著手指不出聲。

在丁丁哥哥剪斷鎖的時候，我正在望風；當丁丁哥哥拆開儀表台不用鑰匙就能發動摩托車的時候，我心懷景仰；當丁丁哥哥騎著車在路上的時候，我春風沉醉。在開過一台警車的時候，丁丁哥哥對我說，路子野，你要記著，這件事情你可不能往外說，你這一輩子都不能往外說，你知道麼，你說了，我們兩個就都完蛋了，你是我的從犯，你這一輩子都是我的從犯，你知道麼？

而我正在看沿途的風景。我第一次坐上那麼快的交通工具，第一次感覺那麼自由的空氣，但只害怕丁丁哥哥開得太快，我會從椅子上掉下去，其他的我無所畏懼。雖然只有兩百多公里的旅程，但我覺得我的餘生都坐在這台摩托車上，丁丁哥哥帶著我，我靠著他的後背，去往已知卻不詳的前方。

十號打斷了我的回憶，說，我買了一台很好的摩托車，我先帶著這個妞去飆車，一路飆到海邊，我要在海灘上就辦了她。

我說，你們到了哪一步？

十號說，她已經和我接吻了，我摸過她的胸，再往下就死活不讓摸了。但明天，她就是我的人了，生是我的人，死是我的鬼。今天幾號？七月十五號，到明天，明天我就讓你知道結果。

二〇〇六年夏天七月十六日下午三時，十號和劉茵茵發生交通事故，劉茵茵當場死亡，十號在送往醫院搶救三小時後死亡，因爲事發現場還有手槍一支，曾被一度當成重大刑事案件處理，後無果。整個鎮的大部分青年人都素衣參加了這場葬禮，我也去送別這兩個朋友。整個過程裡我不知道我是怎麼想的，老大和老大的女人死了，而我是什麼？

娜娜在車裡已經熟睡，只要我一恍神，她便靠著車窗一邊不醒。她說，這是孕婦嗜睡。我在一個看似非常老的國營路邊商場裡給她買了一個枕頭，枕頭上還繡刺臉的鴛鴦，我換了一面給她襯上，她睜開眼睛，微微看了看我，並未言謝，問我，我們還有多遠？

我說，不遠，今晚就能到。
她說，好快。
然後她又墜入睡眠。
我說，娜娜，妳的故事還沒說呢。
娜娜睡眼朦朧，喃喃道，乖，媽媽醒了跟你說。
十秒鐘後，娜娜支起腦袋，在眼前揮了揮手，說，咳，什麼呀，我都暈了，我睡一會再和你說。其實我都和你說了一路了，我也沒有什麼故事，都是一個鐘的故事。也就是你們男人感興趣的那些，什麼別人的尺寸大小啦，時間長短啦，哎，你們不就喜歡聽這些。我能有什麼故事。你還有兩個正兒八經的女朋友呢，一個孟孟，一個劉茵茵，哎，還都是疊字，聽著都像幹我們這行的，哈哈哈哈，來，給我看看孟孟的照片，趁我還沒睡過去，我看看你女朋友漂亮不漂亮。
我從用了好多年的錢包裡掏出了孟孟的照片。因爲孟孟很漂亮，純粹出於圖片欣賞的角度，留著也無壞處，而且她也都嵌在我的大腦皮層裡，不是不見到她的臉就能忘卻，所以我留著她的照片，朋友們真要看看也無妨，對我來說也不是丟人的事情。妳去看吧，看罷還我。

那是一張孟孟的彩色生活照，也許是放的時間太長，顏色都已經褪變，我不知道她和劉茵茵誰更漂亮一些，也許誰都不漂亮，她們只是存在我腦海裡的浮像，海上花一般飄渺遙遠。娜娜手裡握著照片，看了一眼，打開了頭頂的燈，又仔細看了一會兒。天色漸黑，國道上交通情況複雜，我沒有辦法去看她流露的表情，只能側了側身子問道，娜娜，怎麼了？

娜娜完全脫離了我給她的抱枕，又低頭看了看照片，貼近到失焦。然後嘴角一笑，看著我不語。

我加了一個檔，說，一到這個點，摩托車就特別多，對面的車都開著遠光，要是穿出來一個摩托車，都看不見它，而且他們都不戴頭盔，一撞就夠嗆，摩托車太危險了，我如果管交通，我就要強行讓那些電動車和摩托車戴頭盔，截下來沒戴的強行讓他們買，然後駕校裡第一節課就是晚上會車不能開遠光，眼睛太難受了，白天開好幾百公里不累，晚上開一個小時，眼睛就受不了，要是……

娜娜打斷我，說，喂。

我說，嗯？

娜娜把照片還給我，說，我認得她，她就是孟欣童。

我問娜娜，誰？

旅途上的黑夜除了蒼茫和畏懼以外，沒有什麼好形容的，無論是多麼奇異美麗的地方，到了這一時刻，都只留下一樣的淒然，有一些莫名亮著的路燈，光的深處不知道藏的什麼，唯有一些集鎮和補胎店能留下一些安全感。在月色裡，我能看見視線窮極處的遠山，黑壓壓的一座在深藍色的幕布裡，我開始胡思亂想那些山裡的人家，不知道他們守著群山能做什麼，也許夫妻倆洗了腳以後窩在床上看新聞聯播倍感幸福。但他們能遇上對的人麼？他們如何相戀？山裡遇上一個人的機率有多少？好在對他們來說，生活也無非是砍柴打獵，有大把對的時間靜候著。當然我相信，移動著的人永遠比固定著的人更迷茫，我總是從一處遷徙到一處，每到一處都覺得自己可以把飾演了三十年的自己拋去，找到自己性格裡的十號，然後這就是我固定的戲路。我多麼羨慕十號，他從出生到死亡，都在同一個地方。在我們那必須不停遷徙的國土裡，這比活著更顯得彌足珍貴，而我卻被每一個陌生的環境一次次摧毀。也許照著他的樣子發展下去，他必然會被投進大牢，但是那又是一片十多年不變的環境，他擁有這扎扎實實的安全感，他雖然在這個世界裡是亡者，但他在這片小小的土地上是王者，他連死都要帶走我一直冰封著的女人，我卻不曾怨恨他，我只是沒有一張劉茵茵的照片。一個我愛的、死去的、沒有相片的姑娘，這對女孩來說是多麼好的一件事情，她在我的心中將不斷的幻變，如丁丁哥哥一樣，最終我忘記他們所有的惡，甚至給他們拼湊上一些別人身上的美，這對活著的人多麼不公平，包括我自己。

這一夜，我終於開到了目的地，我必須於明天之前到達。其實任何旅途從來沒有想像的那麼久遠，若願意從南極步行到北極，給我一條筆直的長路，我走一年就到；讓我開車穿過這個國家，給我一個一樣會開車的伴和一台不會拋錨的車，兩天就夠。這對我來說並不是旅行，我在趕路，這就是我爲什麼一直擔心「一九八八」會壞在路上。這是它和它的製造者相逢的旅程，我必須把「一九八八」牽過來。

我展開地圖，用沉暗的燈光照著，娜娜依然在邊上抱著枕頭長睡不醒，我匀了她一點燈光，她毫無知覺，我仔細打量她的臉龐，今早化的妝還在她的臉上，我不知她該如何在今天晚上卸掉。這是個長江邊的城市，夕陽早已西下，大江永遠東去，我在車裡不知道聽到了風聲還是江水的聲音，我默默然減慢車速，搖下車窗，彷彿是晚風吹過江邊蘆葦。我兒時便生長在江邊，每次起大風，總是能夠聽見這樣的聲音。這聲音時遠時近，我不知道我究竟開在哪裡。還沒有進入城區，我看見了一家應該還乾淨的旅社。我將車停下，娜娜依然沒有醒來，我下車抽了一根煙，上樓去辦房間，剛走幾步，我又退了下來，把車倒了一把，將右邊緊緊的貼著牆壁。因爲反光鏡還蹭到了一下，娜娜忽的醒來，說，哎呀，撞了。

我說，沒有，我在停車，別緊張。
娜娜往右邊一看，說，哎呀，爲什麼我這邊這麼黑？
我說，因爲妳那邊是牆。
娜娜睡意全無，問我，我們到哪裡了，你幹嘛去？
我說，我們應該到城郊了。妳自己在車裡看地圖玩吧。
娜娜問我，你爲什麼把車停成這樣？
我說，我怕妳再跑了。
娜娜說，我不會再跑了，我本來是不想拖累你。
我說，當然不是怕妳跑，這裡城郊結合，我怕亂，我把車停成這樣，再鎖了我這邊的門，妳就安全一些。
娜娜緊緊抱著枕頭，露出兩個眼睛，點了點頭，問我，那你去做什麼？
我下車關上車門，說，我去開房間。
娜娜從頭到尾盯著我，說，那你快一點。
我說，放心吧。

旅館的前台在二樓，和一切旅館一樣，這裡都是用鑰匙開門的，我其實最害怕用鑰匙開門的旅館，我若有心，拿去配一把，就能永遠打開這扇門，但好在我也不怕有人破門而入，因爲破門的往往都是警察，所以我心裡也踏實。我拿了鑰匙，快步走下樓梯，我總是擔心娜娜又不翼而飛。在樓梯轉角，我看見娜娜依然抱著枕頭看著樓梯，我放下心來，放慢步伐，從後座上拿了一些水和食物。說，娜娜，妳從我這裡爬出來。

旋即，我意識到娜娜還有著身孕，說，等等，妳別爬了，我倒一下，否則妳明天還得爬進去。

娜娜說，沒事，我爬出來，說著已經爬了一半。

我攙扶了她一把。

娜娜問我，我們是住在一個房間麼？

我說，當然是啊，妳是要裝純情另住一個麼？

娜娜說，不是，我怕你開兩個，我會害怕。

我笑道，妳害怕什麼，妳不是說把妳扔到哪裡，妳都活得好好的？

娜娜說，話是這麼說，但晚上我還是怕。白天我就不怕。

我說，我們上樓吧。

娜娜有話欲言又止。我說，妳怎麼了？

娜娜說，其實，我……

我手裡提著重物，催促她，其實妳怎麼了？

娜娜說，我餓了。

我笑道，眞是，把妳給忘了，妳一路上都在睡，我自己不停的吃，倒是吃飽了。

娜娜說，那我就吃點泡麵就行了，我們還有火腿腸。

我說，別，我帶妳去吃點。

娜娜看著我，沒有推辭，看來是眞的餓了。

我打開車門，娜娜又一頭扎了進去。我說，娜娜，妳別爬了，妳坐後面不就行了？

娜娜說，不，那我要坐在邊上。

我說，那妳等一等，我把車開出來，妳再上車不就行了。

娜娜一猶豫，說，哎呀，你早說，我爬一半了，怎麼辦？

我說，那妳還是繼續爬進去吧，女生都不太擅長於倒車。

娜娜邊笑邊說討厭，一會兒爬回原座。我發動「一九八八」，在這條街巷裡往前開。這裡的飯店都關得早，開著的都是烤串，我對娜娜說，吃烤串對身體不好，我們找一個別的。我又往前開了一會兒，我看中了一家多功能飯館，上面寫著，東北菜，火鍋，家常菜，麻辣燙，烤串，四川風味。

娜娜看著招牌，感歎道，哇哦。

我說，就這裡吧。

娜娜問我，會不會是地溝油？

我說，我們就點一些不用油的菜就行。

娜娜問我，什麼菜不用油？

我說，烤串不用油。

這頓飯我一直看著娜娜吃，娜娜吃得特別專心，但也時常抬頭看我一眼。旁邊的人招呼她，小姑娘，吃慢一點。

娜娜說，我覺得好輕鬆。

我問她，爲什麼？

娜娜抹了下嘴，回答我，因爲我到了一個完全陌生的地方，不像在以前的鎮上，基本都認識，現在他們都不知道我是幹什麼的。

我說，我也是這樣，才一個地方一個地方的換，希望自己每到一個全新的地方就能重新來一次。

娜娜詫異的看著我，張大嘴，說，難怪你一直不肯說自己是做什麼的，你是鴨子麼？

我瞪了娜娜一眼，說，哪有妳想的那麼膚淺，妳當我什麼人了，去做鴨子？

說罷，覺得隱約會傷害到娜娜，我後悔萬分，娜娜似乎沒有在意，說，哦，那你獲得了新生沒有？

我說，妳快吃飯。妳覺得舒服就好。說眞的，妳別在意自己以前幹的什麼，和我一樣，換個新地方，重新開始，妳能做得到麼？

娜娜說，做不到。

我說，爲什麼？

娜娜說，我沒那麼不要臉，幹的事還是得承認的。況且我換了一個新地方，也是重新幹這行當，怎麼說來著，重操舊業，眞形象。我來這裡投靠孫老闆，等我生了孩子，不也是幹這個，只要我的孩子不幹這個，就行了，我願爲她不幹這個而被幹死。

我被這飽後豪言雷住了，只能接話道，是，母愛眞偉大。

娜娜露出自豪微笑，說，那是，我告訴你你這個大嫖客，我的女兒那一定是……

我打斷正在思索的娜娜，問道，娜娜，爲什麼妳和剛才在車裡反差那麼大？

娜娜怔了一下，回答我說，可能因爲屋子裡比較亮。

我們停回到了旅館的門口，因爲是逆向而來，娜娜死活逼著我把自己那邊的車門貼著牆壁，然後歡快的跳下車，笑著對我嚷著，來，爬出來，哈哈哈，我來給你拍張照。她掏出自己的手機，在微光的黑夜裡按下快門，然後掃興的說道，什麼都沒有拍到。

我攙著她的腰進了房間。這又是一間很標準的標準間，但是有電視一台。我問娜娜道，娜娜，是不是比妳昨天晚上住的那個……哦，是我們住的那個旅館的房間要好一些？

娜娜故意不說話，道，我要洗澡去了。

我哈哈大笑，說，小王八蛋，想跑。

那一刻，我已經完全忘記了想跑的自己。

我幫娜娜去衛生間裡掃視了一圈，確定有熱水，還拆了一袋十塊錢的一次性毛巾，說，娜娜，妳就用這個吧，這種地方都不乾淨，別感染了什麼。

娜娜接過毛巾，道，哦，謝謝。

我躺在床上，打開電視，電視裡正在放一九八二年的《少林寺》，但每十分鐘都會打斷，然後插播聲訊電話智力問答，今天的題目是，有一種餅，每年只有在一個特殊的節日的時候吃，這是什麼餅？請快快撥打下面的電話，服務費一分鐘一元，現在的獎金已經累積到一千元，第一個打進電話將獲得獎金。主持人正在著急的吶喊，這時候接進來了一個電話，電話那頭一個男人的聲音大喊道，是大餅。電視裡嘟的叫了一聲，然後出現了一個大叉，主持人說，哎呀，眞可惜，答錯了，現在獎金已經累積到了二千元。

緊接著，又開始播出《少林寺》。

娜娜此時沖完澡，光著身子出來，問我，你說，能看出來麼？

我仔細盯著她的肚子看了半天，說，妳是故意讓它鼓出來的麼？

娜娜說，你怎麼知道。

我說，放鬆點。

娜娜一下子鬆懈了下來。

我說，嗯，能看出來一點，但是沒有剛才明顯了。

娜娜說，嗯，我要開始胎教了。我要唱歌，你去洗澡。

我沖完涼出來，《少林寺》又被無情的打斷，獎金已經累積到了四千元，主持人又接進一個電話，電話裡那人說，是蔥油餅。電視上又是一個叉，於是獎金累積到了五千元。主持人有提示道，也許我們的這個問題是有點難度的，但其實只要動一動腦筋也不難，這個餅是我們每年中秋節的時候都要吃的，還要送人，是以那個天上的什麼來命名的，我們已經提示很多了。好，現在我們再接進來一個電話。

電話那頭是一個帶著口音的女孩子說道，是印度飛餅。

主持人說，哎呀，還是錯了，現在獎金累積到了一萬元了。

女主持說，讓我們再接進一個電話，這位聽眾你好，你覺得是……

電話裡說，我覺得是雞蛋餅。

女主持說，哎呀，眞可惜，還是錯了。因爲我們答錯的朋友實在太多了，所以現在的獎金已經累積到了兩萬元，第一位打電話進來猜對的朋友，可以贏得兩萬元的獎金。

娜娜一邊擦著頭髮，一邊問我，是月餅麼？

我說，是月餅。

娜娜說，快把電話給我，兩萬塊。

我說，娜娜，沒用的，這是騙人的，這個城市人口快五百萬了，妳覺得五百萬人裡沒有人知道中秋節送人的叫月餅麼？

娜娜說，那不一定，說不定大家都沒看這個台，快給我電話，在我那個褲子兜裡，幫我拿一下，就在你手邊，來，正好可以把我罰款的那個錢給賺回來。電話號碼多少來著？

我奪過電話，說，娜娜，沒用的，以前我們揭露過這個的……以前我看見有報紙揭露過這個的。

娜娜說，不一定，你看到的報紙是別的地方的，說不定這個城市的是眞的，你看，是有線台的，如果是假的，怎麼可能沒有人管呢？快把電話給我。

我將電話給了娜娜，翻開一份報紙開始看。

娜娜撥通了電話，高興的對我說，你看，我已經進入了語音排隊系統。

然後就是將近十分鐘的沉默，娜娜捧著電話專心致志的排隊，電視裡層出不窮的有人在回答「烙餅」、「煎餅」、「披薩餅」，我歎了一口氣，說，這種節目要是讓外國人看了，豈不是懷疑我們整個民族的智商？

娜娜說，你別說話，提示說快輪到我了。

我笑著聳肩看了娜娜一眼，自顧自看報。娜娜突然間把電話掛斷了。我問她，怎麼了，怎麼不排隊了？

娜娜難過的說，排隊要一塊錢一分鐘，我裡面的話費只有十幾塊了。我要留幾塊錢，因爲我一會兒要打個電話。

我說，妳是要打給孫老闆？

娜娜點點頭，看著我，說，我要開始打了。

我說，請妳儘管打，我不會吃醋的。

娜娜說，不，我過了今天晚上再打。你什麼時候去接你的朋友？

我說，明天中午。

娜娜說，那我明天早上再打這個電話。反正今天打明天打一樣的。

我笑道，妳是不敢打吧，妳怕打過去以後停機了或者號碼不存在，妳可以先發一個短信啊。

娜娜說，我不喜歡等。

我說，妳是喜歡立等可取，死得痛快那種是吧。

娜娜說，也不是，你管不著，你睡你的，我睡我的。我睡這只床，因爲這只床離衛生間近，你睡窗邊那只。把電視關了，那個節目我不看了，別告訴我後來是誰猜對月餅了，哦，反正你也不知道。

我關上了電視，月光隱約的從窗外透進來。我說，娜娜，妳睡著，我窗邊站會兒。

娜娜笑著說，你是要和我一樣，把光擋住麼，哈哈哈哈，來，我多給你五十。

我轉過身，說，娜娜，我沒有力氣開玩笑，我開累了，妳睡吧。我站會兒。

我看不見娜娜的表情，只有一團黑影在床上支了一會兒，然後說了一聲對不起，鑽進了被窩。

我微微拉開窗簾，這是五樓，但周圍沒有比這個更高的樓，我想，遠處就是江水，它流過宜昌、武漢、南京，最後流到上海，沉沉入海。樓下時常有改裝過排氣管的摩托車開過，還夾雜著少年的歡笑聲。我打開煙盒，拿出火柴，回頭看了看蜷縮在被子裡的娜娜，又放回了口袋裡，卻莫名劃亮了一支火柴，看見有一隻蜘蛛正在窗框上爬得歡暢。娜娜從被子裡起身，我轉過身去，火柴最後的光正好照到她，旋即熄滅，她說，你怎麼了？

我說，睡覺吧。

娜娜躺在床上翻了兩個身，問，我能不能跑到你床上玩一會兒？

我說，妳來。

娜娜火速鑽到我的床上，睡進我的臂彎，說，你別誤會，我可是一點都不喜歡你。

我說，我知道，妳喜歡孫老闆和那個王菲的假製作人。

娜娜捶我一下，說，其實，在我開始工作的這麼多年裡，你算是和我在一起時間最長的異性了。

我說，嗯，我包了三夜。

娜娜說，我們只過了三個晚上麼？

我說，是，三個晚上。

娜娜感歎道，我感覺過了好久啊。但就算三個晚上，也是最長時間了。

我笑道，嗯，一般沒有人會包夜妳三個晚上吧。

娜娜說，討厭。

我說，妳知道我最喜歡妳什麼嗎？

娜娜問我，什麼？

我說，我最喜歡妳怎麼開玩笑都不會生氣。
娜娜說，我會生氣的，你要是開她的玩笑，我會生氣的。
說著把手摁在她的肚子上。
無語一分鐘，娜娜搖了搖我，問，你要那個什麼嗎？
我說，那個什麼？
馬上我明白了什麼，連忙說，不用不用，罪過罪過。那天是我真不知道。
娜娜說，廢話，我當然知道，我也不會再讓你得逞那個什麼了，但是你要那個什麼嗎，我可以幫你，比如說手手之類的。
我問她，什麼是手手？
娜娜嚴肅的回答道，就是打飛機啊。
我大吃一驚，道，娜娜，妳什麼時候又這麼不好意思起來，在我心裡，妳一直是很好意思的一個……一個女生。
娜娜說，可能沒開燈吧，我不好意思。
我說，嗯，一般都是開了燈不好意思，妳真怪。

娜娜說，我也覺得了，但到了光線亮的地方，大家都能看清楚了，我覺得我沒有什麼地方可以藏的，就放開了，但是到了沒亮的地方，我總是想藏一藏。

我把被子往她頭上一蓋，說，那妳藏一藏，但今天真不用手手和口口了，我明天要去迎接我的朋友，今天晚上我不能亂來。

娜娜說，眞奇怪，你又不是同性戀，還要這樣去迎接一個同性朋友，我能和你一起去麼？

我說，我一個人去。

娜娜說，好吧，那快睡吧，我要回到我的床上去了。你的床太軟了，我的床硬，我要睡硬的床。

我說，妳這個理由眞好，一個標準間裡的床還有軟硬。對了娜娜，當然，我不會，但是如果我那個什麼的話，妳打算怎麼收費？

娜娜猶豫了半晌，說，嗯，我想不收你錢，但我還要收十塊。

說罷，她一把蓋上被子，把自己蒙在裡面，我只聽到她彷彿很遠的聲音說，睡覺了睡覺了，收你兩萬塊。

我本怕失眠，卻很快入睡。

早上八點，我被鬧鐘鬧醒，我起身僵著身子靠在床上。外面突然傳來卡車的爆胎聲，我顫抖了一下。娜娜在一邊依然睡得滿臉誠懇，我起床慢慢洗漱，彷彿邁不開步子，並且又洗了一個澡，從包裡拿出一套乾淨的新衣服穿上，回頭看了看娜娜，給她留了張紙條，寫著，千萬別跑，我中午就回來，然後我帶妳一起找孫老闆。雖然未吃早飯，但我絲毫沒有餓意，只是胃部有些緊張，還帶動了別的器官。我在「一九八八」邊上上了一個廁所，再打開地圖，木然開去。

中午十二點，我回到了旅館，先去續了房費，接著到了房間。娜娜已經起床，窗簾完全拉開，桌上還有一碗餛飩。娜娜正在洗手間裡洗頭，我說，我回來了娜娜。

娜娜哦了一聲，說，餛飩在桌子上，你朋友接得怎麼樣？

我說，娜娜，妳不是昨天晚上才洗頭麼，現在怎麼又洗頭？

娜娜邊擦著頭髮邊出門說，因爲我忘了昨天晚上我洗過頭了，昨天晚上我說的話也都忘了，你可別放在心上哦，大嫖客。

我說，嗯。

娜娜接著說道，快吃，已經要涼了。

我說，哦。

娜娜一跳站到我面前，說，你仔細看看我的頭髮吧，一會兒我就要去剪成短頭髮了，很短的那種。

我說，爲什麼？

娜娜告訴我說，因爲長頭髮對寶寶不好，會吸收養分。

我說，沒那麼嚴重吧，無所謂的。

娜娜說，有所謂的，你陪我去剪頭髮，怎麼了，我怎麼看你不太想說話？

是我罵到你了嗎？還是你朋友惹你不高興了。哦，我猜猜，是不是你開了這麼遠去接他，還禁欲沐浴更衣，你朋友不領情啊？

我說，他領情。

娜娜笑道，那他人呢，怎麼不上來？

我說，坐在車裡，坐在後座上。

娜娜說，帶我去看看，你打算怎麼向他介紹我，我是無所謂你告訴他我是幹什麼的，但是我覺得這樣會不會對你不太好，所以你暫時隱瞞一下也可以，反正估計過兩天我們也就分別了，到時候你再慢慢說。我沒問題的，我談吐也不差，唱唱歌說說話，一般人都看不出來。你看我話說得有點摟不住了，你就給我一個眼色，我就收回來。你覺得怎麼樣？就這麼著了，走，帶我去看看你的朋友，這個餛飩就不要吃了，我們找個地方再去吃一頓，去接風洗塵。

說罷，娜娜挽著我的手臂下樓。到了最後一層台階，娜娜鬆開了我的手臂，特意走在我的後面。下台階後，她徑直看向「一九八八」。然後看看我，說，你的朋友呢？

我發動了車，未說話。

娜娜坐到了車裡，往後座看看，說，可能是你的朋友去買東西或者抽煙了。他的包還留在車裡，不是包，是包裹，我看看。

娜娜轉身吃力的拿起一個塑膠袋封的包裹，說，上面寫的什麼字，真難看。這是什麼東西。

我看著娜娜，說，骨灰啊。

娜娜大叫一聲，撒開雙手，塑封的盒子掉在她腿上，然後她馬上意識過來，又用手指抵著拿了起來，放回原處，說，對不起對不起，對不起你對不起你朋友。你早點告訴我，我就不那麼胡鬧了。

我說，沒事。

娜娜問我，你的朋友怎麼了？什麼時候的事情？是……是他已經變成這樣了，還是我們到了以後他變成這樣的？

我說，他今天早上執行的，我朋友的律師早幾天已經告訴我，說救不了了，不會有變了，肯定會核准，今天具體時間我也不知道，我只是去殯儀館領骨灰。

娜娜小聲問我，你的那個朋友犯了什麼事？

我說，我哪能和妳說得清楚，他的事都能寫一本書。

娜娜問我，什麼罪？

我說：×××罪和××××××罪。

娜娜低頭說，我不多問了。我本來想今天告訴你一個不開心的事情，但是我覺得比起你，我的都算不了什麼。

我把朋友的骨灰放放端正，說，是不是沒有找到孫老闆？

娜娜咬下嘴唇，道，嗯，停機了，但是我給他發了幾條短信，也許他欠費了。

我說，可能吧。我們去江邊走走。

我開著車帶娜娜到了江邊，娜娜說，你是打算將骨灰撒在江裡麼？

我說，不，我只是走走。我有一堆骨灰要撒。到時候我留著他們一起撒。

娜娜問我，你怎麼死那麼多朋友？

我說，這倒是意外，每個人長到這般歲數，或疏或近，或多或少，都死過幾個親人朋友。

娜娜問我，他們是你多好的朋友？

我說，我把他們當成人生裡的偶像，我總是恨自己不能成爲他們。

娜娜說，他們是死了才變成你的偶像的麼？

我說，不是。

娜娜笑說，那就是變成了你的偶像以後就死了。

我也笑笑。說，也不能說是偶像，只是我眞的羨慕他們，我總覺得自己也能是像他們那樣的，但他們爲什麼都離開得那麼早。

娜娜說，哦，因爲他們的性格容易死唄。

我說，如果是一個陌生人這麼說，我說不定會生氣，但其實也許眞的是這樣吧。妳說，我什麼時候才能像他們那樣？

娜娜說，那簡單，娶了我唄，你就和他們一樣了。哈哈哈哈。

我也哈哈大笑，道，妳開玩笑。

娜娜站定，沒有露出任何的表情，說，難道你認識的人裡面就沒有混得特別好的麼？有錢，有勢，有地位。

我也站定，說，當然有，但我不喜歡他們，他們其實和我是一樣的，只是我沒有這些東西，而且那些人從來影響不了我，不過他們倒是活得都很好。

娜娜推了推我的手，道，你也別難過了。

我說，我也沒什麼難過的，我朋友也不是昨天才進去。這都不少時間了，我也去撈過，但是真的沒有辦法。

娜娜問我，那你朋友有對你說些什麼嗎？

我說，我只看望過他一次，時間特別短，他問了問我的情況，說，你快回去吧，這都錄著吶，估計這次是夠嗆了。死倒是沒有什麼可怕的，怕的就是知道自己怎麼死。你可一定要死於意外啊，這樣才不害怕。你知道什麼最可怕，就是害怕。

娜娜睜大了眼睛，說，有這麼說自己朋友的嗎？

我說，你要習慣他，他這是真心祝福你。

娜娜說，他就這樣說，然後你就走了？

我說，也沒有，他把我叫回來，認真的看著我，我從未看到這個嘻皮笑臉的人這麼認真，他說，記住，「一九八八」的機油尺是錯的，那是我從一台報廢的蘇聯產拉達轎車上拆下來的，加機油的時候不能照著這個刻度來，照著所有其他汽車來，加滿一瓶四升的就行，那就錯不了，否則你就等著爆缸吧。這台發動機太老了，爆了就不好修了。

我說，哦。

我對娜娜說，之後公安、國保和國安都問過我話，我其實就是他的一個朋友，也沒有什麼事情，但他也沒什麼親人，他們就告訴我，讓我來接的骨灰。就是這樣。

娜娜一知半解，只能看著昏黃的江水。

我帶著娜娜在這個江邊的城市裡穿行，潮濕而迷宮般的道路沒有給我造成什麼困擾，現在是眞的暫時沒有什麼目的地了，只是帶著娜娜去尋找她的孫老闆。當娜娜昨天晚上說出我只需給她十塊錢的時候，我其實心頭顫動了一下，但我想，並不能接受她，她只是我旅途裡的另外一個朋友，但我想我也羨慕她，她也許也會是我建築自己的一個部分，因爲她自己都這樣了，還敢把孩子生下來，我能看見她面對江水的時候眼睛裡的茫然和希望。

我說，娜娜，我眞當妳是朋友，是什麼樣的朋友倒是不重要，什麼都是從朋友開始的，我談戀愛和人接吻之前的一秒，不也是朋友麼。反正妳的事兒，我能幫妳，一定會幫妳。我先幫妳做一個產前的檢查，剛才開車的時候，我看見一個醫院，看著還挺好的，妳若是喜歡這裡，還要在這裡找孫老闆，我就陪妳一陣子，反正我的下一件正事，也得明年開始。到時候妳也可以跟我一起去。

娜娜說，嗯，好啊。我想孫老闆估計還是幹這個行業的，幹了這個行業就脫不了身，老闆也一樣，我以前還聽一個姐妹說過，他一定在這裡的，我沒事的時候就一個一個桑拿兜兜轉轉看看，你也別陪我，多傻的事情啊。早點找到孫老闆就好，你也可以解脫，當然，你隨時都可以解脫，和你一點關係都沒有，只是你如果沒事的話，也打算留在這裡，我覺得我還是可以照顧你的，你別誤會啊，我是眞的這麼想，至少我還不用照顧，當然，我可不要做你女人，我知道你也看不上，但閒著不也是閒著嘛，就互相照應一下。

我說，成，我帶妳去找那個醫院。

娜娜說，嗯，我欠你的錢我可是都記著的，但我說了每次只收你十塊，而且我估計要一年多以後才能開工了，估計也還不清楚，所以我肯定會還你，但現在我是眞的沒有辦法，不過你眞的別以爲我是圖你有那幾千塊錢，我一個朋友說的，你只有這些錢，吃屎都趕不上熱的，我肯定不是貪這個，你不要亂想，你可以把錢扔了，我還是一樣對你，或者你現在就跑，我也不會怨你。

我說，別廢話了。

我們到了一家來時我留意的醫院前，看著不公立不私立，陽台是長長一條，放滿了花盆，垂下無數的枝葉。我說，娜娜，妳去吧，我不陪妳，我在車裡坐坐。我仰望陽台，娜娜從這些植物前走過，對我笑笑。我向她揮揮手。她雖不漂亮，但此刻她真像走在舞台上的明星，也許是那天大自然打光打得好，樓轉角牆壁上開的一扇窗正好將光芒折在她的身上。她走進了盡頭的那間辦公室。我把「一九八八」熄火，坐到了後座，很快就睡著了。

我做了一個夢，夢見我小時候爬在旗杆上，但是我看見校辦廠裡的人正在做著仿製的手槍，看見劉茵茵從遠處走來，已經成年的十號牽著還是小學生的劉茵茵的手，周圍的同學們紛紛把石塊拋向我，我說，丁丁哥哥，快來救我。丁丁哥哥卻在一邊的溜滑梯上盤旋而下，他看起來歲數比我還要小。然後我就不知道被誰綁在了旗杆上，我頓時覺得很安全，至少我不會再掉下來。這時候，校辦廠裡的阿姨們全都衝出來，所有人都在拿我試槍，我眼睜睜的看著自己被打得千瘡百孔，但還是在想，你們千萬不要打中我的繩子，否則我就掉下來了。那天的陽光是我從未見過的明媚，那是四十度烈日的光芒，卻是二十度晚秋的和風，我從未見過這樣好的天氣。

當我醒來，娜娜還沒有下來。我看了看車上的電子錶，發現已經過去兩個多小時。我瞬間清醒，甩上車門，快步上樓，走到剛才我看見她進去的那間房間。裡面的大夫看了看我，問，你找誰？

我說，我來找剛才那個過來做產前檢查的女孩子。

大夫一下子站了起來，問，你是她什麼人？

我說，我是她朋友。

大夫忙說，快去找，我們也都要找，這個要找到的，衛生局也要登記監測的。

我說，我去找，她往哪個方向走，要監測什麼？這以前幹什麼的你們也能查出來麼？

大夫說，我不知道她幹什麼的，就知道出了這個門。她知道了檢查的結果以後，她說她要去給她老公打個電話，讓他也過來。後來人就不見了。這個一定要找到的，不光光是她自己的事情，還有肚子裡的孩子，她不能跑的，要做病毒母嬰阻斷的，生的時候也一定要特別注意的，否則很容易被母體感染的，乳汁也是不能餵的，而且現在還小，不要也還來得及。小夥子，你快去追回來。

我剛要往門外跑，又被醫生叫進去，問，小夥子，你也要檢查一下的，你和她是什麼關係？

我說，朋友，但我可能也要檢查一下。

醫生說，來，你也檢查一下，本來是一批一批出結果的，今天我就給你單做一個結果。很快的，你等一下就行了。

我木然說，哦。

隨後，我告訴醫生道，我再說了，我先去追她，要不就跑遠了。

我在這座江城來來回回耗掉了十多箱汽油，去了幾乎所有的旅館和桑拿，問了每一個餐廳和網吧，我再未找到娜娜。幸運的是，也許不幸的是，我自己未被感染。在尋找無果以後，我回到了我來的地方。兩年以後，我正要出發的時候，我接到了一個電話，我相信娜娜有我的電話號碼，一定是我在洗澡的時候她偷偷撥的。中途的一個夜晚，我丟過一次手機，但是我一早就去等待著電信局開門補卡。這個電話的撥打者是一個女孩子，她說，有一個禮物要給我。

我說，快遞給我。

她說，怕丟，不能快遞。

我說，那就寄掛號信。

她說，會超重。

我說，那怎麼辦？

她說，我是娜娜的一個姐妹，她交代過，有一個東西要送給你。

我怕信號中斷，馬上到了屋外，說，娜娜在哪裡？娜娜怎麼樣？她當時是懷孕的，後來怎麼樣？

電話裡說，你的地址是哪裡？娜娜說過，放心吧，給你的，都是好的。

我帶著一個屬於全世界的孩子上路了。站在我故鄉那條國道盡頭的友誼橋上，在稀薄的空氣裡，從凌晨開始等待，我從不凝望過往的每一台汽車。「一九八八」的點煙器燒壞了，我向一個路過的司機借了火，但我不想在這個時刻再和任何陌生人言語，所以我只能一根接著一根抽煙，那火光才不會斷去。自然的，我站在車外。幾個小時後，香火終於斷了，我俯身進車，捏了一把小傢伙的臉說，我找找煙。打開了汽車的扶手箱，我掏到了在最深處的一個小玩意，取出來發現那是一支錄音筆，我搜尋記憶，才想起那是娜娜扔在這台車裡的。它躺在這裡面已經兩年，我按下播放鍵，居然還有閃爍著的最後一格電，娜娜輕唱著搖籃曲，我不知道是不是空氣越稀薄，聲音便傳越遠，還是空氣稀薄的地方一定沒有人煙和喧鬧，我總覺得這輕微的聲音在山谷裡來回飄蕩，我將錄音筆拿起來，放在小女孩耳邊，說，妳媽。她興奮的亂抓，突然間，歌聲戛然而止，傳來三下輕促的敲擊化妝台的聲音，然後是另外一個女聲說道，娜娜，接客了。在娜娜回著哦的同時，這段錄音結束了。我連忙抽回錄音筆，觀察著小傢伙的表情，她似乎有所察覺，放下了小爪子疑惑的看著我。

我將錄音內容倒回到被中斷前的最後一聲歌聲，然後按下錄音鍵，搖下窗戶，我想山谷裡的風雨聲可以洗掉那些對話，覆蓋了十多秒以後，我把手從窗外抽了回來，剛要按下結束，小傢伙突然對著錄音筆喊了一聲「咦」，然後錄音筆自己沒電了。這是她第一次正兒八經說話，我曾一度害怕她不能言語。這第一聲，她既不喊爸爸，也未喊媽媽，只是對著這個世界拋下了一個疑問。

天將黑的時候，我發動了「一九八八」，掉轉車頭，向東而去，如果它能夠不拋錨，那麼我離開海岸線還有五千公里。如果它拋錨了，那麼海岸線離開我還有五千公里。也許我會在那裡結識一個姑娘，有一段美好的時光。那會是一個全新的地方。但我至少等待過，我知道妳從不會來，但我從不懷疑妳彼時的眞心，就如同我的每一個謊言都是眞心的。但這一次，我至少是勇敢的，我承認的朋友們也會贊許我的行爲，因爲他們都會是這樣的人，妳也許會爲我流淚，但也許心中會說，你太蠢了。

天全黑的時候，我停下了「一九八八」，小傢伙正在熟睡，今天她居然沒有哭泣。我從後座拿出了一個袋子，裡面便是「一九八八」製造者的骨灰，在我心中，裡面還有丁丁哥哥，十號，劉茵茵，我將它撒在了風裡。馬上我就知道了迎風撒東西是多傻的事，我身上沾滿了他們的骨灰。我拍了拍衣服，想那又如何，反正我也是被他們籠罩著的人，他們先行，我替他們收拾著因爲跑太快從口袋裡跌落的撲克牌，我始終跑在他們劃破的氣流裡，不過我也不曾覺得風阻會減小一些，只是他們替我撞過了每一堵我可能要撞的高牆，摔落了每一道我可能要落進的溝壑，然後告訴我，這條路沒有錯，繼續前行吧，但是你已經用掉了一次幫助的機會，再見了朋友。

國家圖書館出版品預行編目資料

1988：我想和這個世界談談 / 韓寒 著;
— 初版. — 臺北市 :
大塊文化, 2010.12
面 ; 公分. — (to ; 69)

ISBN 978-986-213-214-2（平裝）

857.7 99021292

10550 台北市南京東路四段25號11樓

廣　告　回　信
台灣北區郵政管理局登記證
北台字第10227號

大塊文化出版股份有限公司　收

地址：□□□□□ ＿＿＿＿＿市／縣＿＿＿＿＿鄉／鎮／市／區

＿＿＿＿＿＿＿路／街＿＿＿段＿＿＿巷＿＿＿弄＿＿＿號＿＿＿樓

大塊 LOCUS 文化

編號：TT069　書名：1988

大塊 LOCUS 文化 讀者服務卡

謝謝您購買本書！

如果您願意收到大塊最新書訊及特惠電子報：

一 請直接上大塊網站 locuspublishing.com 加入會員，免去郵寄的麻煩！

一 如果您不方便上網，請填寫下表，亦可不定期收到大塊書訊及特價優惠！
請郵寄或傳眞 +886-2-2545-3927。

一 如果您已是大塊會員，除了變更會員資料外，即不需回函。

一 讀者服務專線：0800-322220；email: locus@locuspublishing.com

姓名：________________________________ 姓別：□男 □女

出生日期：______年______月______日 聯絡電話：____________________

E-mail：____

您所購買的書名：________________________________

從何處得知本書：

1.□書店 2.□網路 3.□大塊電子報 4.□報紙 5.□雜誌
6.□電視 7.□他人推薦 8.□廣播 9.□其他

您對本書的評價：
（請填代號 1.非常滿意 2.滿意 3.普通 4.不滿意 5.非常不滿意）
書名______內容______平面設計______版面編排______紙張質感______

對我們的建議：________________________________
____
____
____
____
____

1988

1988

1988

1988